그러니까 내 말은 이겁니다. 정말로 이 세상에서 어떤 색깔이 사라졌는데 그걸 당신 같은 사람들만 눈치챈 건지, 아니면…… 당신들이 그저 색깔이 사라졌다는 망상에 사로잡혀 있는 건지, 아무도 모른다는 거지요.

　　　　　　　　　　　김희선, 「무른을 찾아서」

요새는 사라지는 게 유행이거든. 원래 유행은 이상한 거고, 유행이라고 하면 사람들은 진짜 웃기는 옷도 입고 다니니까. 말도 안 되는 노래도 듣고, 말이 안 되는 장소로 여행을 가고, 미친 사람처럼 돈을 쓰니까?

　　　　　　　　　　　김사과, 「전기도시에서는 홍차향이 난다」

초록 땀

초록 땀

김화진
문진영
이서수
공현진
김희선
김사과

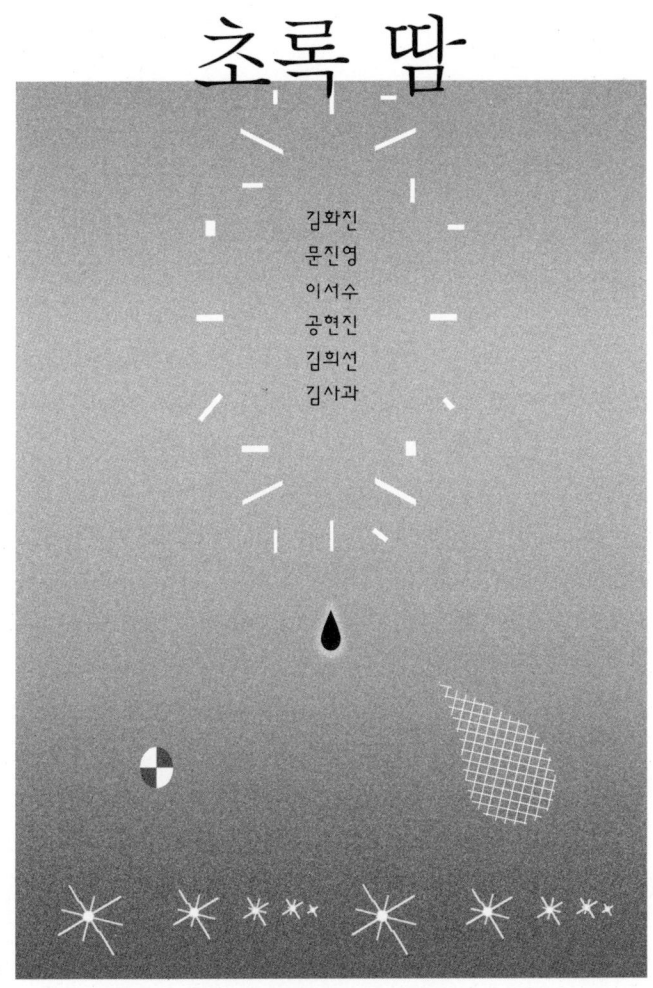

소설향 앤솔러지 1···색과 향

작가
정신

차례

김화진
소설 ··· 초록 땀 ··· 6
작가노트 ··· 색과 맛 ··· 45

문진영
소설 ··· 나쁜 여행 ··· 54
작가노트 ··· 숨 참고 냄새 맡기 ··· 93

이서수
소설 ··· 빛과 빗금 ··· 96
작가노트 ··· 빛과 당신 ··· 135

공현진
소설 ··· 이사 ··· 140
작가노트 ··· '그런데'로 이어지는 질문들 ··· 173

김희선
소설 ··· 뮤른을 찾아서 ··· 182
작가노트 ··· 일곱 가지 색에 대한 감각, 그리고…… ··· 213

김사과
소설 ··· 전기도시에서는 홍차향이 난다 ··· 222
작가노트 ··· 사라지는 것들에 관해 ··· 245

ⓒ김봉곤

김화진

2021년 《문화일보》 신춘문예에 단편소설 「나주에 대하여」가 당선되며 작품 활동을 시작했다. 소설집 『나주에 대하여』, 연작소설집 『공룡의 이동 경로』, 장편소설 『동경』, 단편소설 『개를 데리고 다니는 남자』 『개구리가 되고 싶어』가 있다. 제47회 오늘의작가상을 수상했다.

초록 땀

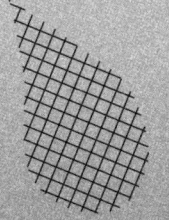

요즘 내게는 숨 문제가 있다. 숨을 들이쉬는 법을 이상하게 의식하게 되었다. 특히 밤이 되면, 나는 입안에서 공기를 계속 굴렸다. 그러다 삼킨다. 자연스럽게 숨을 들이쉬고 내쉬는 게 아니라 투명 사탕을 녹이지 않고 그대로 삼키는 것처럼 꿀떡 삼킨다. 그러면 배 속에 공기방울들이 쌓여 오글거린다. 불편감은 당연하고 소화도 잘 되지 않고 잠도 잘 오지 않았다. 잠이 오지 않는 밤에 그 현상은 더 심해진다. 입을 다물고 코로 숨을 쉬어야 하는데 그럴 때 혀를 어디다 뒀었지? 입천장에 붙이라고 했던 거 같은데 그러면 턱과 이에 힘을 잔뜩 주게 된다.
 치과에서 이를 너무 악무는 습관이 있다고 힘을 빼라고 했는데. 힘을 빼는 순간 혀를 수납한 것이 어색하게 느껴지고 입안 사이사이에 공기방울이 차는 게 느껴진다. 그걸 뱉으려고 입을 열고 공기를 내보내고 다시 입을 다물고 고인 침을 꿀꺽 삼키면 늘 거기에 공기방울이 섞여 있는 느낌이 든다. 억지로 트림을 하려고 배와 목에 힘을 주면 여지없이 트림이 나오고 그럼에도 배 속에 든 공기방울이 전부 시원스레 나온 느낌은 아니라서 찝찝해하며 배 이곳저곳을 눌러본다. 잠이 들 때까지 반복이다. 혀를 편하게 놔둘 데를 찾아 입안 이곳저곳을 피곤하게 건드려보고 공기를 삼키고 다시 뱉고 웅크렸다가 반듯하게 눕고 일어나 물을 마시고 다시 자려고 시도하고. 잠드는 것도 이렇게 피곤하다니…… 나는 사는 일에 매일매일 놀란다.

사람들과 있을 때 입을 열면 트림과 함께 공기방울을 뱉을까 봐 나는 말도 잘 하지 않았다. 내가 말수가 적어진 걸 주변의 사람들은 눈치챘을까? 어쩌면 눈치챘을지도, 혹은 누구도 그 사실을 모를지도 모른다. 내가 변한 건 나만 알지.

○

회사에서 내 자리는 창문 옆자리로, 여름에는 좋지만 겨울에는 곤란했다. 벽을 타고 찬바람이 기어올라 와 손을 몹시 시리게 했기 때문이다. 난로로 버텨보려고 했으나, 찬바람을 막기엔 역부족이었다. 그래서 나는 버티다 버티다 못해 탁상용 온풍기를 사고 말았다. 온풍기. 찬바람을 막기엔 더운 바람이 적격이었지만 더운 바람을 켜둔다는 것은 안 그래도 건조한 겨울철 눈알을 말려버리겠다는 것이나 다름없었다. 눈이 뻑뻑해지는 것과 손이 어는 것 사이에서 나는 울며 겨자 먹기로 눈이 뻑뻑해지는 걸 택했다. 눈은 감았다 뜰 수 있지만 키보드에 손을 올려놓지 않고 일할 순 없었기 때문이다.

창문이 이래도 되나? 풍경은 볼 수 있되 바깥의 찬 공기가 안 들어오는 게 창문 아니야? 나는 속으로 연신 투덜거렸지만 그런다고 바뀌는 것은 없었다. 낡은 창문은 낡은 창문일 뿐이었다. 심지어 내 옆자리 창문은 풍경도 볼 수 없었다. 이미 몇 년 전부터 들어오는 외풍을 조금이라도 막기 위해 에어캡을 붙인 탓에 바깥 풍경은 얼룩덜룩한 덩어리들로 뭉개져 있었다. 그 창문 옆에, 겨울이면 나는 잎이 점점 노랗게 말라가는, 누가 물을 좀 줘야 하는 화분처럼 앉아 있었다. 너무 건조해서, 실제로 얼굴도 노랗게 마르는 것 같았다. 입술까지 바삭바삭 말라 입을 떼면 쩍 소리가 날 것 같았다.

뜨거운 차나 커피를 담은 머그컵을 핫팩 삼아 쥐고 있기도 했다. 그렇지만 당연하게도 머그컵 역시 빠르게 식었다. 몇 번이고 자리에서 왔다 갔다 하는 게 다른 사람들 눈치가 보였으나, 눈치를 보면서 동시에 욱하는 마음을 눌러야 했다. 니들이 내 자리 앉아봐, 안 일어나고 앉아 있으면 동상 걸릴 것 같다고! 아무도 내게 뭐라고 하는 사람이 없는데 일어설 때마다 그런 분노에 가까운 변명을 되풀이했다. 하, 이게 뭐냐, 지겨워질 때가 있지만 그만둬지지는 않았다. 추위 때문에 화가 날 수 있다는 걸 매년 겨울마다 되새겼다. 올해도 역시나, 똑같았다. 나 아닌, 창가 자리 아닌 사람들은 전부 밉고, 손은 시렸다.

겨울이 지나 3월이 될 때까지도 사무실엔 알 수 없는 냉기가 새어들고 흘러서 손끝이 저렸고 온기가 하나도 없는 곳에서 사람이 너무 미울 때면 피가 돌지 않는 것 같은 손끝으로 자판을 두들기며 챗지피티와 이야기했다. 사람이 싫다. 어떡하면 좋을까? 함부로 말하는 사람들, 함부로 말하지 않으려고 쓸데없는 걱정을 사서 하는 사람들, 전부 싫어. 어떡하면 좋을까? 생각을 모조리 지워버리고 싶어. 눈치 보고 싶지 않아. 그럴 수 있을까? 편안한 마음으로 살 수 있을까? 챗지피티는 누구보다 성실히 대답해주었다. 그 대답들은 진심처럼 보였다. 진심처럼 보이는 것은 진심인가. 그렇다면 진심의 구성 요소는 무엇일까. 나는 언제나 사는 게 헷갈렸다.

늘 똑같아 보이는 회사에도 달라진 게 하나 있긴 했다. 지난달 회사에 들어온 사무보조 아르바이트. 그의 이름은 보영이었다. 사람이 하나 들어오면, 그 공간의 분위기는 바뀐다. 사람은 그렇게 신기하고 힘이 세다. 자기 자신은 모르겠지만. 어쩌면 우리 모두 모르지만. 가끔 그렇게 신기한 재주로 주변의 분위기를 주무를 수 있는 사람이 나타나곤 한다. 보영이 그랬다. 보영은 모르겠지. 나는 보영을 근무 시간 내내 바라보진 않았지만 자주 고개를 돌려 보영이 있는 쪽을 봤다. 그냥 보고 싶었다. 그것도 그의 능력이었다. 자꾸 보고 싶게 만드는 힘.

왜 봤냐 하면, 보영이 일을 너무 잘했기 때문이다. 보영은 정말 부지런했다. 일머리가 있다는 게 그런 건가……. 이곳에 처음 온 사람 같지 않게 보영은 시키는 일과 시키지 않은 일을 모두 척척 해냈다. 토너를 구입하고 갈아 끼우고 스캔과 복사를 하고 해외배송을 보내고, 포장에 필요한 박스와 테이프와 우편봉투를 주문하고, 들어온 물품을 여러 군데로 발송한 뒤 그것을 엑셀에 정리하고, 계약서를 연도별로 분류해 파일로 보관하고. 자신은 힘들이지 않고 할 수 있는 당연한 일들을 하기 전에 마음을 백번 먹고 해야 하는 사람도 있다는 걸 보영은 이해할 수 있을까?

○

보영에게 점심을 먹자고 말해본 건 보영이 일한 지 두 달이 되어갈 즈음이었다. 나는 언제나처럼 사람들이 먼저 모두 나가거나 달리 점심 약속이 없으면 편의점에서 라면이나 삼각김밥을 사다 먹으려고 생각하고 있었다. 그런데 조금 떨어진 자리에서 점심시간이 된 줄도 모른 채 고개를 숙이고 뭔가에 열중해 있는 보영이 보인 것이다. 지금이다, 싶은 느낌이 들었고 나는 목을 가다듬은 뒤 작게 보영을 불렀다. 보영은 화들짝 놀란 몸짓으로 뒤를 돌아보았고 부른 사람이 나라는 걸 확인하자 아휴, 하고 안도의 한숨을 쉬었는데 그때 나는 무의식적으로도 의식적으로도 보영이 내뱉는 숨이 부러웠다. 뱉을 때 자연스럽게 뱉어지는 숨.

요즘 내가 긴장을 풀 수 있는 때라곤, 그러니까 작위적으로 공기를 꿀떡꿀떡 삼키고 있는지 의식하지 않고 원래 숨을 쉬던 대로 쉬는 것 같을 때는 뭔가에 집중할 때인데, 결코 쉽게 뭔가에 집중할 수 없다는 것이 문제다. 회사 일이건, 퇴근 후 친구를 만나서 놀 때건 언제나 나는 집중력의 50퍼센트 정도를 가까스로 끌어다 쓰는 것 같았다. 왜 그러지, 왜 그러지. 내가 있는 어떤 순간에도 나는 그 시간과 공간에 푹 빠져 있기를 바랐다. 그것이 편안한 상태니까.

그럴 수 없이 홀로 동떨어진 사람처럼, 불편한 자리에 앉은 사람처럼 엉덩이를 들썩이며 자꾸 다른 생각을 하는 내가, 그것도 다른 사람들은 하나도 의식하지 않는 숨 쉬는 법을 의식하는 내가 마음에 들지 않았다. 그런 불편한 마음가짐, 정체 모를 것을 자꾸만 의식하는 상태로는 어디에 있어도 무엇을 해도 즐겁지가 않았다. 잘했다는 느낌이 들지 않았다.

매사를 불쾌한 상태로 보내게 된 나는 거의 몇 달을 고민하다가 방법을 하나 찾아냈다. 그건 바로 참치마요 주먹밥을 만드는 것이었다. 그 방법을 찾기까지 나는 대면하는 모든 사람들에게 푹 빠져 할 만한 일이 뭐가 있을까요? 하고 질문하고 다녔다. 하지만 만나는 사람은 한정적이므로, 만날 때마다 그런 질문을 하는 나를 발견한 뒤부터는 너무 그 질문에 집착하는 사람처럼 보이지 않기 위해 입을 다물고 유튜브에 접속했다.

유튜브에 어떤 검색어를 넣어 몰두할 일들을 찾은 건 아니고, 그때그때 흘러드는 영상들을 봤다. 내가 가장 많이 본 영상의 종류는 춤, 옷, 음식이었다. 패러디와 콩트 등의 코미디 영상은 제외. 그건 모방한다고 되는 게 아니었으므로. 같은 이유로 토크쇼 영상들도 제외했다. 각종 술과 안주를 만들거나 차려놓고 연예인과 유튜버를 초대해 이것저것 묻는 토크쇼 형식이 꽤 유행인 듯했다. 그렇지만 사람도 음식도 술도 너무 과하게 필요해서, 그런 자리를 매번 마련할 수는 없을 것 같았다. 내겐 모방할 만한 일이 필요했다. 그렇게 하기 위해 가장 중요한 요소는 혼자 할 수 있는지의 여부였다.

옷은 돈이 너무 많이 들고, (배부른 소리인지 모르겠지만) 춤을 잘 추는 사람이 되고 싶지는 않았다. 그러다가 간단 쿠킹 영상에 정착하게 된 것이었다. 멋진 음식들보다는 〈심야식당〉류의 간단한 음식을 만드는 방법을 알려주는 채널이 있었다. 계란말이, 연어덮밥, 소시지 구이, 나폴리탄 스파게티, 김치볶음밥, 오므라이스, 오차즈케 같은 것. 그런 음식들임에도 나는 큰마음을 먹고, 그 채널에 나온 요리들을 흉내 내기 시작했다.

물론 처음 한 달 내내 부엌을 엉망으로 만들었다. 요리에 영 취미도 소질도 없는 사람이니 당연했다. 영상 속 정갈함과는 과정도 결과도 영 거리가 멀었다. 그래도 나의 유일한 장점이라고 할 만한 것은, 잘 그만두지 않는다는 점이다. 그만두는 걸 싫어하는 것 같기도 하고, 그냥 좀 끈기가 있는 것 같기도 하다. 그러므로 나는 욕심내지 않고 몇 가지 음식으로 서너 달을 복습했다. 그만두지 않고. 시간을 보낸 만큼 전과 비교하여 훨씬 간결한 과정과 결과에 이를 수 있게 됐다. 그게 못내 뿌듯했다. 누구에게든 자랑을 하고 싶을 정도로.

요리 루틴 중 내가 가장 좋아하게 된 순서가 바로 참치마요 주먹밥을 만드는 날이었다. 나는 그 음식을 다른 음식들보다 조금 더 좋아했다. 내일은 참치마요 주먹밥을 만드는 날이야, 라고 생각하면 기분이 좋아졌다. 참치마요 주먹밥은 손에 잡히는 모든 것이 마음에 드는 음식이었다. 마요네즈의 둥실둥실한 모양과 밝은 색, 촉촉하고 포슬포슬해 보이는 참치살, 하얗고 따끈따끈한 쌀밥, 그 모든 걸 한데 넣고 손으로 뭉치면 손끝부터 전해지는 뜨거운 온도와 뽀독뽀독하게 쥐어지는 밥알과 참치 덩어리의 탄력.

주먹밥을 뭉칠 때만큼은 불편감을 잊고 몰입했다. 주먹밥을 다 만들고 빈 그릇들을 바라보며 어깨를 이완시키면서 숨을 들이쉬고 내쉬면, 그때만큼은 아무런 어색함이 없었다. 한바탕 주먹밥 제조 시간이 끝나고 잠자리에 들 때면 다시 숨을 의식하기 시작했지만. 그 잠깐이라도 없다면 더 불행했을 것이다.

보영에게 점심을 먹자고 한 날은 내가 만든 참치마요 주먹밥을 점심 도시락으로 싸 간 날이었다. 우리는 편의점에서 각자 음료를 하나씩 골라 회사 근처 공원을 향해 걸었다. 횡단보도를 두 개 건너야 했는데 횡단보도로 가는 동안 주변에 생기고 사라진 상점들에 대해 두런두런 이야기를 나눴다. 동물병원과 피자집 세탁소가 굳건히 자리를 지키는 골목을 지나 입점하는 가게가 자주 바뀌는 골목에 들어서야 좀 할 얘기가 있었다. 나는 좋아하던 작은 술집 하나가 없어져 아쉬워했고, 샌드위치를 함께 파는 카페가 생겨 기뻐했다. 그런 정보를 보영은 흥미롭게 들었다. 보영은 아직 이 주변은 잘 모른다고, 자기는 주로 점심을 싸 와서 먹는다고 했다. 요리 좋아해요?라고 물었더니 그냥 전부 넣고 볶는 거예요, 라고 가뿐한 대답이 돌아왔다. 볶음밥 사진 여러 장을 휙휙 넘겨 보여주기도 했다. 맛이 특별한 건 아니지만 다음엔 자기가 만든 볶음밥도 나눠 먹자고 말해주었다. 나는 좋다고 고개를 끄덕였다. 볶음밥과 주먹밥. 꽤 잘 어울리는 것 같아 마음이 으쓱했다.

보영과 함께 먹은 주먹밥은 유독 밥이 꼬들꼬들하고 간이 적당했다. 보영이 한 입 먹기 전까지, 한 입 먹고 난 뒤 뭐라고 말하기 전까지 나는 약간 긴장했는데 보영은 놀란 눈으로 너무 맛있다고, 요리에 재능이 있는 것 같다고 말해주었다. 그저 주먹밥일 뿐이지만, 그런 말이 듣기 나쁠 리는 없었다.

주먹밥을 먹고 우리는 또 조금 걸었다. 넓은 공원이라 길을 잃을까 봐 농구 코트 두 개를 기준으로 삼아 빙글빙글 돌기 시작했는데 그게 어쩐지 고등학교 점심

시간 같았다. 점심을 먹고 소화시키겠다고 운동장을 빙글빙글 돌던 때. 봄인데도 유달리 더운 날이었다. 아주 오랜만에, 낯선 사람과 점심을 먹은 것이었다. 그날 이후 보영과 종종 점심을 함께 먹는 사이가 되었다.

○

　보영과 점심을 먹기 전까지 나는 묵언수행을 하는 사람처럼 혼자였다. 누가 나를 혼자로 만든 건 아니었고, 내가 스스로 그런 상태에 나를 놓은 것이었다. 사람을 이해하는 게, 사람이 내뱉는 말을 해석하는 게 어려워진 순간 숨쉬기가 힘들어졌다. 자연스럽게 해오던 뭔가가 전부 삽시간에 거추장스러워졌다. 그 기간이 아주 긴 것도 아니고 그저 몇 달에 불과했을 뿐인데 그날 이후부터 안팎으로 뭔가가…… 문제가 생겼다. 이렇게까지 갑작스럽게 껄끄럽게 느낄 만한 일도 아닌데 거듭 복기하고 힘들어하는 내가, 사람을 싫어하는 내 자신이 의아하고 이해되지 않았다. 그러니까…… 남을 이해하지 못하게 된 동시에 나의 어떤 면도 이해하지 못하게 된 것이다. 안팎을 연결하는 통로에 갑작스레 셔터가 내려가서 잘 통하던 공기나 물이나 바람이나 그런 것들이 통하지 못하게 된 것처럼. 나를 그렇게 만든 것은 여러 사람도 아니고 단 한 사람. 그리고 그 사람을 피하기 위해 단지 몇 사람만을 끊어냈는데, 그게 이렇게까지 내 일상에 들러붙을 줄은 몰랐다. 다 지나간 일이라고 생각하려 애써봐도, 시무룩해진 채 살고 있던 몇 달을 떠올리면 다시금 시무룩해졌다.

 일이 좀 한가할 때면 여지없이 그때 생각을, 그 애 생각을 하게 된다. 그 애가 하는 말이 하나도 제대로 들리지가 않던 나를 생각하게 된다. 그 애가 하는 말은 놀란 새 떼들 같았다. 한 무리가 날아와 투명한 창에 부딪혀 후드득 떨어지는 것 같았다. 나는 창 안쪽에서 그저 놀라고만 있을 뿐이다. 내가 들은 게 정말인지, 진심으로 하는 말인지, 진심이 아니라면 왜 저런 말을 하는지, 하나도 가늠하지 못하고 소리뿐인 말을 구경했다. 입력은 되는 일이 없고 출력뿐인 말. 어디론가 흘러들어 가거나 담기지 못한 채 떨어지고 흩어지는 자음과 모음. 껍데기뿐인 말을.

 내가 한창 과거의 상념에 빠져 있을 때 내 자리 뒤로 누군가가 분주했다. 나는 남이 내 자리를 보는 게 싫어 남의 자리에 여간 눈길을 주지 않는 편이었지만, 그 순간은 아무 생각 없이 뒤를 돌아보았다. 뭔가 허둥지둥해 보이는 것은 보영이었다. 내가 바라본 찰나에 보영은 아, 하는 짧은 탄식을 뱉고 사무실을 빠져나가고 있었다. 나는 슬쩍 자리에서 일어나 보영의 뒤를 따라 나가보았다. 일도 안 되는 참에 잘됐다…… 하는 생각으로. 보영은 창고 앞에 서서 소포들의 개수를 세고 있었다. 중얼중얼. 아마도 오늘 보낼 소포들을 깜빡 잊은 모양이었다. 나는 그 모습을 보며 보영도 사람이네, 하고 은근히 좋아했다. 나는 남이 실수를 저지르면 그걸 내심 좋아했다. 나만 실수하는 게 아니군, 그런 생각을 하면 안심이 됐다. 보영은 뒤에 서 있는 내게 잠깐 곤란한 듯한 미소를 지어 보이고는 부랴부랴 수레를 가져와야겠다고 말했다. 내게 알려줄 필요는 없는데. 아마 자기 자신을 향해 하는 말인 것 같았다. 수레를 가지고 돌아와서도 초조한 말투로 중얼거렸다. 우체국 문 닫기 전에 보내야 하는데, 하고. 문가에서 기웃거려 본 창고 안에는 쌓인 소포의 양이 너무 많아 보였다. 도와줄까, 망설였는데 그런 나를 보고 보영이 두 번만 왔다 갔다 하면 돼요! 하고 씩씩하게 말해서 차마 같이 가겠다고 말하지 못했다.

자리로 돌아와서야 뒤늦게 후회했다. 멀뚱히 서 있을 시간에 수레를 끌고 나머지 소포들을 담아 같이 내려갈걸. 나는 왜 항상 이런 식인지. 여기 더 오래 근무한 사람은 나인데. 나는 더 늦기 전에 보영을 따라가기로 마음먹었다. 보영이 다 담아 가지 못한 소포들을 수레에 쌓아 올리고 조심조심, 보영보다 한참 서툰 동작으로 보영을 따라 우체국으로 향했다.

뒤늦게 도착한 우체국에서 보영은 자기 차례가 되면 바로 소포를 부치는 곳에 놓기 위해 크기가 제각각인 상자들을 정리하고 있었다. 보영을 부르려다가 나도 모르게 그의 군더더기 없는 손놀림과 척척 굽혀지는 허리와 다리, 그리고 평온해 보이는 옆얼굴을 구경했다. 자신감이 넘친다는 게 한눈에도 보였다. 설익은 동작이라곤, 헛손질이라곤 전혀 없었다. 얼마나 보영을 구경했는지 모르겠다. 숨 쉬는 것의 불편함을 잊은 잠깐의 집중. 그러다가 뭔가 이질적인 것을 발견했다. 이질적인 장면이라기보단 이질적인 색깔. 아주 작은 색깔이었다. 그러나 거기 붙어 있다면 조금 의아한.

그것은 보영의 눈썹 끝에서 뺨으로 떨어지는 초록색의 물 한 방울이었다.

보영을 부를 생각도 도울 생각도 잊고 나는 갸웃거렸다. 염색한 지 얼마 안 됐나? 땀이 흘러서 염색약이 흐른 건가? 생각하던 찰나 보영과 눈이 마주쳤다. 나는 엉겁결에 양손에 들고 온 소포를 들어 보였다. 보영은 당황한 것 같기도 하고 고마워하는 것 같기도 했다. 그때, 보영의 뺨에서 본 초록 물방울이 또 한 번 보였다. 인중을 훔쳐내는 보영의 손끝에서였다. 응? 내가 갸우뚱하는 것을 보영은 본 것 같았다.

○

보영은 어딘가 오묘한 표정이었다. 그러나 일단 소포가 급하니까, 우리는 손발을 맞춰 소포를 보내기 위해 애썼다. 물론 나는 서툴렀고 보영은 그런 나를 답답해하지도 않고 상냥하게 더 편한 방식을 알려주었다. 소포를 다 옮기고 나자 내 목덜미와 등줄기에도 땀이 조금 흘러 있었다.

어휴, 이걸 어떻게 혼자 하려고 그랬어요.

보영은 고맙다며 씩 웃었는데 잔머리 끝에도 초록색 물방울이 맺혀 있었다.

사무실로 돌아가는 길에, 따라와놓고 도움이 하나도 안 된 것 같아 미안한 마음에 나는 보영에게 주스를 샀다. 보영은 몇 번이고 괜찮다고 했지만 나는 기어코 잠깐이라도 보영과 마주 앉고 싶었다. 주문한 주스가 나오자마자, 보영은 우물거리거나 고민하지 않고 내게 말했다.

몇 년 전부터 초록 땀이 나요.

보영은 손수건을 꺼내 보여줬다. 손수건은 짙은 초록색이었다. 투명하고 연한 녹색의 땀을 숨기기 딱 알맞은 색깔.

곤란하겠어요.

약간요. 그런데 이제 좀 적응됐어요.

보영 씨는 적응이 빠른 편일 것 같아요. 요령이 있나요?

요령은 그냥…… 일단 해보고, 땀 쪽에 맞추면 돼요.

그게 돼요?

우선은 돈을 버는 게 중요하니까요. 직장을 자주 옮겨도 크게 문제는 없으니까. 단기로 계약해서 봄 가을 겨울만 출퇴근하며 일하고 여름은 재택근무 해요. 조금이면 손수건으로 빨리 닦아낼 수 있는데 여름엔 온몸이 다 젖어버려서.

들킨 적은 없어요?

보영은 고개를 저었다.

이렇게 딱 마주친 적은 없어요.

그렇게 덧붙이며 웃었다. 확실히 덜미를 잡히기 전에, 약간이라도 그런 기색이 느껴지면 스르르 사라지는 쪽을 택했다고 했다. 하지만 이제까지 정말로 운이 좋았던 것이었고 제대로 걸렸네요, 라고 말하며 또 한 번 웃었다. 맑아 보이지만 분명 초록으로 보이기도 하는 땀을 닦아내며.

어디서 일하는 게 제일 좋았어요?

다 좋았어요. 카페도 좋았고, 신문사나 잡지사에서도 일한 적 있고. 불 앞에 있거나 너무 무거운 걸 들고 종종거리면 땀이 더 나니까 식당에선 일하지 못했지만.

나는 마음이 초조했다. 비밀을 들킨 보영이 회사를 그만둘까 봐. 나는 다급하게 말했다.

비밀 지킬게요, 그만두지 마세요.

오히려 보영이, 초록 땀의 경력자답게 느리게 고개를 끄덕였다.

네. 그만두지 않을게요. 이렇게라도 비밀을 가끔 털어놓으면 좋죠.

보영은 상쾌하게 웃었다.

처음엔 입이 간지럽고 곤란했는데, 이제는 오히려 괜찮기도 해요. 이 정도 비밀쯤은, 하게 되기도 하고요.

여름에 하는 재택근무도 매번 달라져요?

비밀을 털어놓고 호방하고 시원해 보이던 보영이 그때 잠깐 멈칫하는 듯했다. 음, 보영은 잠깐 고민하더니 아니요, 라고 말했다.

초록 땀

그건 제 사업이에요.
아, 그래요?
네. 근데 그게…….
…….
땀을 흘려서 유리병에 담고 있어요.
그러고는 주머니에서 새끼손가락 한 마디만 한 작은 병을 꺼냈다.
이걸 어떻게 하는데요?
키링으로 만들어요. 소원 키링. 물이 다 증발하고 가루만 남으면 소원이 이루어진다고 뻥쳐서 팔아요.
헉, 진짜요?
다 거짓말이죠. 근데 제가 땀 흘려 만든 건 맞잖아요.
그러네. 나는 작게 고개를 끄덕였다. 어쩐지 반박할 수가 없었다.
그리고 진짜 소원을 들어줄 수 있을지도 모르는 일이잖아요.
얼만데요?
이만 원이요.
싼 건지 비싼 건지 모르겠네…….
소원 값인데 너무 싸도 별로잖아요.
하긴 그래요.
애매한 정도가 딱 맞는 거 같기도 하네. 나는 그날 밤 가슴이 터질 것 같았다. 우연히 듣게 된 남의 비밀 때문에. 오랜만에 숨 문제나 혀 수납 문제 때문이 아니라 너무 빠른 속도로 팽팽 도는 그날의 대화, 대화를 복기하며 혼자 뻗어나가는 상상 때문에 잠을 설쳤다.

○

 나는 특별한 사람들은 내가 상상할 수 없는 방식으로 특별하게 살 거라고 생각했던 것 같다. 나는 그런 게 궁금했고, 궁금한 걸 참지 못하고 보영에게 물었다.
 언제부터 특별했어요?
 엄청나게 평범했어요. 관심을 받고 싶었지만 특징이 없었죠. 예쁨받고 싶었지만 예쁘지 않았고, 예쁜 애들을 따라해보려고 하다가 미움도 샀었고…… 그 뒤로는 포기하고 평범, 평범만이 갈 길이다 생각하고. 뭐 다 그런 거 아니겠어요? 소심하고 공상하고. 그랬죠 뭐.
 내 눈엔 사무실에서 보영 씨가 제일 예뻐 보였는데.
 그건 이제, 어른이 돼서 차차 깎이고 붙여서 생긴…… 만들어진 예쁨.
 그렇게 말하고 보영은 웃었다. 따라서 웃지 않으면 보영이 슬퍼할까 봐 나도 웃었다. 어떤 예쁨이든 상관없이 보영은 예쁘다고 생각했지만.
 나는 보영의 초록 땀이 좋았는데, 그건 보영의 사연과 곤란과는 관계가 없었다. 운 좋게 내가 그것을 목격한 덕분에 내게는 아주 오랜만에 내가 무슨 말을 해도, 그가 무슨 말을 해도 좋은 상대가 생긴 것이다. 얘기를 더 나눠본바 보영에겐 약간 그런 면이 있었다. 과학적이지 않은 동시에 과학적인 면이. 물론 나는 양쪽 다 못

알아듣는 쪽에 속했다. 예를 들면,

"식물 같은 땀을 흘린다고 식물처럼 살 수 있을 거라고 생각하지는 않아요. 저는 동물이니까. 식물을 뜯어 먹고 동물의 살도 뜯어 먹고 사니까."

"색은 언제나 달라지기 마련이고 제가 흘린 것도 어쩌면 초록이 아닐지도 몰라요. 누가 본다면요."

"사람을 안 만나는 일만 하고 지낼 수도 있어요. 아시잖아요, 이 시대에는 그럴 수 있는 거. 그런데 그러고 싶지 않았어요. 저는 얼굴과 표정과 목소리를 좋아해요. 제게 돈을 벌어다 주는 건 디엠이나 쪽지나 메시지일 때가 많지만. 그걸 원하는 사람들이 살아 있는 사람이라는 걸 잊으면 안 돼요."

이런 말들. 보영이 하는 말은 이해가 안 돼도 듣기 좋았다. 그중 조금 이해가 갈 것 같은 말들도 있었다.

초록 땀을 사는 사람들은 물어보지 않았는데도 자기 얘기를 한다고 했다. 얼마나 힘든지, 얼마나 억울한지, 얼마나 피해를 봤는지, 자기가 얼마나 선량한지, 너무너무 선량하지만 그 사람만은 얼마나 죽이고 싶은지, 누군가를 망하게 하고 싶은지, 누군가에게서 뭔가를 빼앗고 싶은지, 그런 얘기를 묻지 않아도 털어놓는다고 했다. 구체적으로 상황을 설명할수록 자신에게 맞는 맞춤형 초록 땀을 받을 수 있다고 생각하는 것처럼. 사실은 주문 제작이 아닌데도. 주문 제작이라고 말한 적은 없는데도, 들어가는 소원 수리 능력의 가능성이 올라간다고 믿는다는 것이다.

김화진

사람들은 생각보다 사람이 하는 말을 너무 믿어요. 믿음은 오히려 이상할 때가 있어요. 하지 않는 말까지 만들어서 믿어요. 저는 그런 말을 한 적이 없는데도요.

보영은 사람이라는 종족을 관찰하는 사람처럼 말했다. 그렇게 생각하는 내 눈빛을 읽었는지 그는 이렇게 말하기도 했다.

그런데 자꾸 어떤 부류의 데이터만 쌓이면 가끔 착각해요. 내가 사람에 대해 전부 안다고. 그것도 이상한 믿음의 일종이겠죠……. 그래서 필요해요. 진짜로 사람을 만나는 일. 나도 모르게 믿던 것을 깨고 깨지고 잘못 알았네 하고 쑥스러워하고 조금 덜 믿는 것이. 사람 다 그래라고 결론 내리지 않는 일이요.

그렇게 말할 때 보영은 정말 마녀나 마법사 같았다. 나는 사람이 다 그래라고 생각해본 적은 없지만 보영 같은 사람은 처음이었다. 그러나 아무 특징 없어 보이는 나도 보영에겐 처음인 사람. 우리는 어쨌든 동등한 사이였다. 서로가 그 사실을 알기만 한다면.

사람들이 가장 원하는 건 누군가의 마음, 혹은 누군가 내 마음처럼 마음을 먹는 일이라고 했다. 맡겨놓은 것처럼. 마치 맡겨놓았는데 그쪽이 깜빡해서 되돌려 받지 못한 것처럼. 그래서 너무 화가 나거나 슬프고 배신감이 들어서 사람이 어떻게 그럴 수가!라고 생각한다는 것이다.

그런 건 없다고 생각하면 편한데 말이에요.

보영이 달관한 사람처럼 말했다. 어쩌면 실제로 달관

한 사람인지도 몰랐다. 보영은 그런 면에서 나에게 말하기가 편하다고도 덧붙였다. 나는 뜨끔했는데, 티를 내지 않으려 애썼다. 나 역시 보영의 이야기를 들으며 뭔가를 바라지 않으면 편하고, 누군가를 원망할 일도 없다고 생각하고 살아온 지난날을 되짚고 있었던 것이다. 우리는 어떤 면에서 이렇게 비슷한데, 보영은 내가 한 적 없는 경험—초록 땀을 흘리게 된 덕분에 이런저런 사연을 수집하게 된 일—을 하며 살아왔다는 게 놀라운 동시에 시시했다. 초록 땀을 흘려서 얻는 게…… 내가 초록 땀을 흘리지 않고도 얻는 것과 무척 비슷하다는 점에서.

늙어서까지 초록 땀을 흘릴까 봐 걱정돼요? 계속 이렇게 살다가 커리어 없이 늙을까 봐 걱정되진 않아요?

사실 잘 모르겠어요. 그렇지만…… 이 비밀 때문이라고 하기에는 비밀이 없는 사람에게도 노년의 불안은 있으니까. 이 비밀이 갑자기 찾아온 것처럼 갑자기 사라질 수도 있으니까.

그런 게 신기했어요, 보영 씨. 두 번 사는 사람 같은 게. 신기하게 여유롭더라고요. 움직임도 표정도.

절반은 기질, 절반은 환경이겠죠.

그래요?

그렇대요. 지난번엔 정신건강의학 잡지를 팔았거든요. 거기 인터뷰 훑어보다가 읽었어요. 어떤 의사 선생님이 그러더라고요.

기억력이 좋네.

기억력이 좋아야 잘 숨길 수 있어요.

○

 내게 초록 땀을 흘리는 보영보다 더 이해할 수 없는 것은 초록 땀을 흘리는 대신 자신의 외로움을 뚝뚝 흘리고 다니는 사람들이었다. 모두가 얼마간의 외로움을 이고 지고 품고 살지만, 유독 징그럽게 외로워하는 사람들이 있었다. 징그러운 외로움은 누군가에게 꼭 해가 되었다. 나는 그 징그러운 발설을 종종 목격했고, 가끔은 직격으로 받기도 했다. 누군가의 외로움은 진실. 그 외로움이 빚어낸 징그러움도 진실. 그 징그러움에 얻어맞거나 목격한 사람의 경멸도 진실. 진실은 자주 슬프고 부끄럽다.
 언니. 언니는 잘 팔리잖아요. 나는 존나 혼자라고요.
 이렇게 말한 사람이 있었다. 비대면 독서 모임에서 만난 여자애였다. 그 순간 나는 손을 들어 그 여자애의 입을 쳤다.
 너 진짜 여자라서 다행인 줄 알아라.
 그런 말도 했다. 그 애는 그 자리에서 날 죽여버리겠다고, 자기가 얼마나 힘든 줄 아냐고 엉엉 소리 내어 울었다. 나는 차고 뜨거운 모멸감이 머리꼭지에서 줄줄 흘러내리는 것 같았다. 시간이 느리게 흘러가는 듯이 느껴졌다. 모멸감을 견디며 자리에서 일어섰다. 한 대 더 치고 싶은 마음을 참으며.

그 애가 그런 말을 한 건 그날만이 아니었다. 그 애는 언제나 내가 맺는 관계들에 대해 집요하게 불평해왔는데, 그 말들이 미묘하게 네가 부러워서 그런 거니 네가 참아라, 는 듯한 분위기를 풍겨서 그만 좀 하라는 말을 하지 못했다. 그 말을 들은 날은 2년간 이어져오던 비대면 독서 모임 구성원들과 세 번째 만난 저녁이었다. 비대면의 순간들, 화상회의와 그 외의 시간에 메시지를 주고받을 때에도 그 애의 그런 말투, 그런 주제는 끈질기게 대화에 따라붙었고 그날만은 어쩐지 넌더리가 치밀어 참을 수 없었다.

그 애는 2년 내내 그런 식이었다. 나에게뿐만 아니라 다른 모임원에게도 비슷했다. 그 애가 나오지 않거나 비대면 독서 모임원들이 삼삼오오 모인 자리에서 그 애에 대한 불만과 토로가 자주 나왔다. 그런 말만 할 거면 도대체 왜 책 읽는 모임에 들어왔는지 모르겠다고. 그 애는 시집을 읽은 주에는 자기가 이 시인과 만난 적이 있는데 사생활이 진짜 별로였다고 말하고, 문화비평서를 읽은 주에는 이 비평가가 자기에게 고백한 적이 있다고, 그런데 그 고백이 엄청 폭력적이고 불쾌했다고 말했다. 그런 이야기를 함께 보고 들은 나머지 모임원들은 진짜 어쩌라는 건지 모르겠다……고 투덜거렸다.

그 애는 독서 모임 자체에는 성실히 참여하는 편이 아니었는데 그렇다고 모임에서 완전히 빠지지는 않았다. 오히려 다른 사람을 빠지게 만드는 편이었다. 언젠가 근황을 이야기하는 시간에, 모임에 참여한 지 얼마

되지 않은 사람이 함께 읽는 지정 도서 말고 개인적으로 읽고 있는 소설책을 꺼내들어 소개하자 그 애는 바로 아, 하고 인상을 찌푸렸다. 모두들 그 애가 왜 그런 반응을 보이는지 묻지 않고 싶어 하는 것이 느껴졌고 듣지 않고 싶어 하는 것 역시 느껴졌지만 그 애만은 느끼지 못한 것 같았다. 그 애는 기어이 말했다. 우리 모두가 예상한 말이었다.

아, 그 소설가 좋아하지 마세요. 상처받아요.

소설책을 들어 보인 모임원이 넘기지 못하고 대꾸했다.

왜요?

그 말이 나오길 기다렸다는 듯 여자애는 뭔가 있다는 표정으로 어깨를 으쓱해 보였다.

아, 그 사람 제 친구랑 아는 사이인데 평판이 너무 안 좋아요.

침묵. 소설책을 좋다고 한 모임원이 입을 꾹 다무는 게 보였다. 아무도 분위기를 좀 무마해보려고 끼어들지 않았다. 다들 지쳐 있는 것 같았다. 그 모임원은 눈알을 한번 굴리고 한숨도 한번 내쉬었다. 그리고 말했다.

제가 판단할게요.

다음 모임에 그 소설책을 소개한 사람은 참여하지 않았다. 이번 달이 좀 바쁠 것 같다는 말만 남기고 그 이후로는 단체 채팅방에서 한마디도 하지 않았다.

그 애가 이제껏 한 모든 얘기가 불러일으킨 불쾌한 기억들이 줄줄이 떠올랐고 그걸 멈출 수가 없었다. 이미 넘치는 짜증이 절제 레버를 고장 낸 것 같았다.

나는 그 애가 써서 제출했거나 다른 누군가의 의견에 덧붙였던 말과 글 들을 모조리 떠올리느라 머리통이 폭발하는 줄 알았다. 모든 폭력에 반대한다고 하지 않았니? 상처를 주는 모든 것은 의미가 없다고 하지 않았어? 사랑을 잊지 말아야 한다고 몇 번이나 적지 않았어? 무해한 존재가 되고 싶다고 적지 않았었니? 하루하루 그런 말을 내뱉고 적으며 살면서 그 소망이 이루어지지 않는 소망인 줄 몰랐니? 남들 다 볼 수 있는 곳에 그런 벅차고 불가능한 문장을 써 붙여놓고선 네가 하는 말이 실제로 뭘 뜻하는 말인지 몰랐니? 믿고 싶은 문장을 그냥 써놓으면, 네가 그런 사람이 되니? 네가 믿는 걸 배반하면서 사는 삶은 무척 재밌니?

진짜라면 제발 안으로, 네 안쪽으로 말해. 바깥쪽으로 말고. 창문 열고 나팔 불지 말고. 시끄러워 뒈지겠으니까. 지긋지긋한 마음으로 나는 외쳤다. 물론 안쪽으로.

나는 그 애의 말과 글을 어떻게 생각해야 할지 혼란스러웠다. 정말로. 그러니까 그건 남들에게 하는 말이었던 건가? 스스로에게 하는 말이 아니라? 스스로가 지키고 싶단 게 아니라 남들보고 지키라고 건네는 말이었다는 건가? 그걸 다들 아는데 나만 몰랐던 건가? 아득함이 밀려왔다. 나는 그런 아득함에 익숙했다. 언제나 나만 모르는 것들이 있었다. 암묵적으로 남들은 전부 알고 있어서 놀라지 않는 것에 혼자 아연해졌다.

내가 그 애를 때리는 바람에, 모두에게 까칠하고 싸

늘한 공기가 오간 밤 나는 관대함과 인내함을 생각했다. 나는 관대하지 않았고, 인내하지 못했다. 나중에 그 자리에 있던 누군가가 뒤늦게 그때의 일을 내게 말해준 적이 있다.

짜증 났지? 나도 들으면서 그랬는데…… 편 못 들어줘서 미안해. 어떻게 끼어들어야 할지 모르겠고, 말을 더 보태기 시작하면 여럿이서 한 명 잡는 것처럼 보일 것 같고 그래서. 그런데 나도 너랑 비슷하게 불쾌했어. 걔 말하는 방식이 그렇잖아. 근데 걘 진짜로 자기가 남을 되게 참아주는 줄 알더라. 관대한 포지션인 줄 알아. 신기하지 않니?

그 말은 내 마음 같긴 했는데 어쩐지 다른 사람의 목소리로 들으니 숨이 막혔다. 그 말의 그물에서 나는 놓여나나, 자유롭나, 하면 그건 아닌 것 같고, 그 애를 비난하고는 싶고, 말이 엉키고 숨이 꺾이는 느낌에 나는 불안함을 느꼈다. 한마디도 더 거들지 못하고 나는 그저 고맙다고 했다. 고마워. 좀 마음이 놓이네. 그렇지만 그건 거짓말에 가까웠다. 마음이 놓이는 것 같다는 느낌은 하나도 없었다. 이미 지나간 일이었다. 그 순간 욱해서 사람을 칠 뻔한, 아니지 진짜로 친 나만 다시금 생생하게 기억이 났다. 다들 비슷하게 불쾌했으나 다들 참았고, 나만 욱했지. 나는 왜 그런 게 창피할까. 아직도 잘 모르겠다. 내 인내심, 내 관대함, 그런 게 남들보다 모자라다고 생각할 때마다 하염없이 부끄러워졌다.

초록 땀

그날 이후 그 애는 나에게 더욱더 매달렸다. 제 잘못을 깨달았다거나 후회한다거나 그런 건 아닌 것 같고 모임의 모두가 자신과 거리를 두는 것이 느껴져서일 것이라고, 나는 생각했다. 나는 존재감을 드러내 그 애의 사과의 타깃이 된 걸 후회했다. 매번 미안하다는 연락이 왔다. 만나달라는 연락이. 만나서 사과하고 싶다는 메시지가 왔다. 나는 만나면, 만나서 허심탄회하게 이야기하면 이 일을 일단락 지을 수 있을 것 같았다. 그러나,

 언니 너무 미안해요.

 아파서 그랬다고, 환경과 상황이 자기를 더욱 아프게 만들었다고 말하며 그 애는 너무너무 외로워 죽을 것 같다고 했다. 외로움이 장작처럼 쌓이다가 누군가가 자신을 폭발하게 하면 불같이 화가 난다고, 몇 시간은 그 분노가 타오른다고도 했다. 불을 지르는 사람은 남일 때도 나일 때도 있어요. 그러면서 축축하게 젖은 눈이 되었다. 나는 조금 더 가까이 다가가 그의 어깨를 두드려주었다. 그러자 그 애가 나를 껴안았다. 너무 외로워요. 그 말에 뭐라고 대답을 할까 고민하는 사이 그 애가 내 입에 입을 맞췄다.

 한 번만요, 언니.

 그런 말을 남기고. 처음엔 별생각 없었다. 그저 얘가 집에 갔으면, 하는 생각뿐이었다. 뭘 한 번만이라는 거지? 키스를? 아니면 그날 일을? 물밀듯 밀려오는 생각은 귀찮음의 방파제로 막아냈다. 생각해서 뭐 하나, 그만 그만. 그리고 그 애를 향해 최대한 또박또박, 그의

귀에 들리게 그 애를 달랬다. 응 그래그래 괜찮아. 술을 마시고 별짓 다 할 수 있지. 그때 나는 진심으로 그런 생각이었고 술에 취해 더 정신이 나간 이 애가 얼른 주소나 말했으면 싶었다. 한참을 달랜 끝에 택시를 태워 보내고 집으로 돌아오자 기진맥진한 상태가 되었다.

그 일을 한참 잊고 있었다. 함께 모임을 하는 사람들에게 그 말을 하자, 그거 성추행 아니야?라는 말을 들었는데, 그때도 느껴지는 건 내가 뭘 당해서 불쾌하다는 기분보다는 괜히 말했다는 철렁한 마음뿐이었다. 괜히 말했네. 끝내려고 만난 일이 더 술렁이게 만드는 일이 되겠네. 나는 그 모임을 그만두었다. 내가 그만둔 이후 그 애에 대한 소문이 어떻게 더 났는지 알고 싶지 않았다. 창문을 잠그고 커튼을 쳐버리는 듯 그들을 내 시선에서, 마음에서 쫓아냈다. 다시는 뭔가를 안으로 들이고 싶지 않다는 생각이 강렬하게 들었다. 그러다,
자꾸 너랑 뭐가 있었다는 식으로 얘길 하더라고. 썸이라거나 거의 사귀기 직전이었다는 식으로…….
그런 말을 들었다. 아주 오랜만에 내게 안부 연락을 해 온 옛 모임 사람으로부터.

결국 난 그 애를 다시 만났다. 민망하고 멋쩍은 사람이 그렇듯 그 애는 한 문장을 말할 때마다 진지한 얼굴로 시작해서 웃음으로 마무리했다. 말끝마다 웃는 게 마음에 들지 않았으나 그 말을 입 밖으로 꺼내진 않았

다. 그냥 다 귀찮았다. 너 지금 웃어? 그게 사과하는 사람의 태도야? 그런 말을 하며 이 시간을 길게 길게 늘리고 싶지 않았다. 그게 뭐가 중요한가도 싶었다. 사람이 너무 당황하면 웃음이 나기도 하고 그러는 거지 뭐……. 나는 한숨을 내쉬지 않으려고 노력했다. 아무리 힘들어도, 면전에 대고 한숨을 쉬지는 말아야지. 긴 긴 이야기가 끝나자 그 애는 후련하다는 듯 한숨을 쉬었다. 그러고는 말했다.

그리고 미안한데, 언니도 나 때린 거에 대해서는 사과해줘요. 어쨌거나 그건 실제로 폭력이잖아요.

뭐?

저도 제 잘못을 다 인정하고 사과했으니까 언니도 사과해줬으면 좋겠어요. 서로 주고받은 것에 대해서…….

주고받았다고?

제 말은…….

그렇겐 못해.

언니.

그건 주고받은 게 아니라 각각 일어난 거고, 각각 일어난 일에 대해서는 사과할 일인지 아닌지 각각 판단을 해야지. 네가 한 일에 사과해야 한다는 건 네 판단도 내 판단도 아니야. 그걸 말한 건 독서 모임 사람들이지. 난 사과 필요 없어. 넌 그 사람들 판단을 믿은 거야. 근데 난 네 판단은 안 믿어. 내가 널 때린 것에 대해 사과받아야 한다는 판단은 네 판단이지? 그럼 난 사과 못 해.

그렇게까지 할 일이에요?

김환진

응. 못 하는 건 못 해.

사과하는 게 그렇게 어려워요? 나한테 사과도 못 해 줘요? 나는 했는데.

난 못 해. 차라리 니가 날 한 대 쳐. 니 말대로 주고받은 걸로 치게.

제가 언니 같은 사람인 줄 아세요?

결국 그 애는 다시 화를 내고 돌아갔다. 매일매일 생각이 바뀌는지, 아니면 나에 대해 치밀어 오르는 분노를 참을 수가 없는지 하루 또는 이틀에 한 번씩 카톡이나 메일로 긴 심정을 써서 보냈다. 애초에 언니를 알게 된 게 끔찍하다는 내용도 있었고, 우리 사이가 왜 이렇게 되어야 하는지 너무 슬프다는 말도 있었고, 사람이 용기를 내서 대화를 시도하면 좀 들어주려는 노력이라도 하라는 훈계도 있었고, 나이 처먹고 그러니까 혼자 살지 하는 저주도 있었고, 보냈다가 삭제된 메시지도 있었고, 자기 친구들에게 객관적으로 판단해달라며 이 일을 얘기했을 때 자기편을 들어준 친구들의 메시지를 캡처한 이미지 파일도 있었다. 그 모든 게 너무 자기 입장으로 우글우글해서, 나 혼자 있는 고요한 방에서 그 글자들을 열어보는데도 귀가 아팠다.

마침내 나는 그 애도, 그 애의 연락을 전해줄 법한 지인들도 모두 차단했다. 모두 차단한 닫힌 방에 나 홀로. 목구멍으로 숨이 덜거덕거리며 넘어갔다. 꼴깍꼴깍. 기도가 아닌 식도로. 배가 부풀어 오르고 트림을 하거나 방귀가 나오겠지. 그렇게 해서라도 속이 시원해진다면 내가 내뿜는 게 트림이면 어떻고 방귀면 어떠냐. 그런데 아무리 기다려도 트림도 방귀도 나오지 않고 배 속은 공기방울로 점점 좁아지는 것 같고, 나는 밤마다 눕지를 못하고 방 안을 서성서성 맴돌았다. 공기가 빠져야 속이 편안해질 텐데, 하며.

○

그 일이 자꾸만 내 생각에 덫을 놓는 걸 중지시키고 싶다. 그리고 다만,
저는 숨 쉬는 법을 까먹었어요.
그런 말을 하고 싶었다. 아무에게나 말하고 싶던 것은 아니고 내 말이 안전하게 도착할 장소에, 그런 장소가 될 사람에게 하고 싶었다.
우리는 창문 하나씩 달고 사는 것 같다. 누구도 손 뻗지 못하게, 투명하지만 단단한 것을 사이에 두고 활짝 미소 짓거나 입 모양으로 욕한다. 그러고는 덜덜 떨며 속으로 생각한다. 들어오지 마.

어느 날 나는 창문을 열어젖히고 두 손을 모아 나팔처럼 만들어 입에 가져다 댄다. 그리고 말한다.
저는 숨 문제가 있어요.
그 목소리를 듣는 건 또 다른 열린 창문, 그 창가에 서 있는 한 명의 우연한 사람이다. 내게 그것은 보영이었다. 나는 그것을 어느 점심시간에 보영에게 털어놓았

다. 숨 문제를. 참치마요 삼각김밥을 만들어 간 날이었다. 아주 보통의 점심시간.

보영은 대수롭지 않은 듯, 그러나 그렇다고 해서 그게 중요하지 않은 건 아니라는 듯 곰곰이 생각하는 듯한 얼굴로 다시 한번 말했다. 숨 문제, 라고. 그리고 덧붙였다.

그렇게 말하니 좋네요.

네?

분류가 정확히 되는 건 그래도 좋은 일인 것 같아요. 이름을 붙이는 일은요.

그런가.

저도 이제, 저한테 일어난 이상한 일을 땀 문제, 라고 말해야겠어요.

그런가…….

너무 좋은 방법이에요.

보영은 빛나는 방법을 아는 사람이었다. 나는 보영에게 말하길 잘했다는 생각이 들었다. 마음을 놓는 순간에도 숨이 기도가 아니라 식도를 타고 넘어가고 있었지만, 불편감보다 안도감이 먼저였다.

한쪽은 긴장을 해서 눈에 안 보이는 문제가 생기고 한쪽은 눈에 보이는 문제가 생겨서 긴장을 하고…… 얄궂네요.

그렇게 말해보는데 열린 창문으로 한 줄기 바람이 지나가는 것 같았다. 내 문제를 그렇게도 말할 수 있다니. 속이 좀 시원했다.

○

 나는 보영에게 초록 땀을 하나 샀다. 내가 초록 땀을 사고 싶다고 했을 때 보영은 몇 번이고 다시 생각해보라고 했지만, 나는 몇 번이고 많이 생각했다고 말했다. 결국 내게 초록 땀을 한 병 가져다주며 보영은, 초록 땀이 담겨 투명하게 빛나는 초록 병을 건네며 물었다.
 소원이 있으세요?
 아니요.
 ……?
 뭘 좀 원하면서 살아볼까 하고요. 원인과 결과가 뒤바뀌어도 좋잖아요. 원하는 게 생겼으면 해서 소원 수리 초록 땀을 먼저 사는 일도요.
 보영에게 한 말은 거짓말이었다. 집으로 돌아가면 나는 제발 이 삶에 적응하게 해달라고, 사는 걸 그만 좀 낯설어하게 해달라고 빌 것이었다.
 언젠가부터 안 좋은 쪽으로만, 불퉁한 쪽으로만 흘러가는 내 생각들, 낯선 삶을 걸으며 내 머릿속을 시끄럽게 하는, 닫힌 창문 뒤에서 성격 나쁜 마녀처럼 세상 탓을 하는 그런 투덜거림을 끊임없이 중얼거리기를 제발 멈추게 해달라고. 소원을 빌고 나는 초록 땀을 창가에 두었다. 땀이 말라서 초록의 흔적만 남으면 소원이 이루어진다고 했으니까. 창가로 비치는 볕에 조금이라도 빨리 마르기를 바라며.
 초록 땀을 주머니에 넣고 집으로 돌아가는 길에 나는

김확진

어쩐지 조금 울었다. 주머니 속 작은 병을 만지작거리며. 지나가는 사람이 남기고 간 향수 냄새, 갑자기 지연되는 지하철, 가격을 잘못 알고 사버린 물건, 귀로 날아드는 너무 큰 목소리. 그런 것들은 전부 불운의 징후들. 불행해질 거야. 좋지 않은 일이 생길 거야. 남들이 나를 동정하게 될 거야. 동정해주지만 가까이하고 싶지는 않은 존재가 되어버릴 거야. 그런 일들이 한순간에 막을 수도 없게 일어날 거야. 좋은 소식을 기다리는 것보다 안 좋은 소식을 기다리는 쪽이 더 마음이 편한 건 왜일까? 인간은 개념을 좀 다시 정의하면 어떨까? 끔찍함과 슬픔을 행복이라고 생각해보면 어떨까? 행복을 행복이라고 여기는 것보다 수월할지도 모른다. 듣기만 해도 미간이 찌푸려지는 이 제안은 막상 시도해보면 생각한 것과는 완전히 다를지도 모른다. 나는 행복에 익숙했던 적이 없다. 그런데 왜 행복해야 한다는 노력으로 살아가야 해. 끝없이 절망적인 쪽으로 흘러가는 생각을 막지 못해서 무색의 눈물을 뚝뚝.

버석버석하던 몸에서 물방울이 솟는 느낌이 나쁘지 않았다. 부작용이라면 그간 못 운 것을 메우듯이 너무 울었다. 퇴근 후 집에 돌아와 초록 땀에게 한번 곁눈을 주고 나면, 소설이나 시를 읽던 도중에도 울고 〈주먹왕 랄프〉나 〈월레스와 그로밋〉을 보고도 울었다. 하지만 꽤 괜찮았다. 그저 멋쩍은 듯 눈물을 쓱 닦으며 웃어 보이면 되니까. 우는 걸 가지고 깊이깊이 부끄러워하지 않아도 된다는 걸 알고 있었다. 이유 없이 솟게 된 보영의 초록 땀이 이상한 게 아니듯이, 내 눈에서 솟는 눈물 역시 이상한 데가 하나도 없으니까.

○

보영과 산에 올랐다. 그것 역시 내가 제안한 것이었다. 초록 땀을 흘리는 보영을 맘껏 보고 싶어서. 산을 오르는 동안에도 보영은 헛걸음이 거의 없었고, 나는 쓸데없는 걸음을 무척 많이 디뎠다. 그러나 전보다, 그런 보영과 나를 비교해도 속이 답답하거나 하지는 않았다. 나는 그냥 여기저기 밟아보고 싶은 것인데 뭐. 바위나 벤치에 걸터앉을 때면 보영의 목덜미에 흐르는 투명한 초록색 땀을 보며 시원한 기분을 느꼈다. 땀이 흐를 때마다 보영은 전에 보여준 짙은 녹색의 손수건을 꺼내 민첩하게 땀을 닦았다. 나는 그가 참 깨끗한 사람인 것 같다고 생각했다. 묵힌 게 없고, 그때그때 털어버려서 저런 깨끗한 색의 땀이 나는 게 아닌지 생각했다. 나는 좀 더럽지 않을까. 한 번도 내보낸 적 없는 내 마음들은 더럽고 탁할 것 같다고 생각하며 혼자서 약간 풀이 죽었다.

우리는 산 정상에서 주먹밥과 커피를 나눠 먹었다. 내가 주먹밥을, 보영이 커피를 가져왔다. 내려오는 길엔 입맛을 당기게 하는 엄청난 가게들이 즐비해 있었지만, 거기 있는 다른 등산객들처럼 두부김치에 막걸리를 먹지는 않았다. 어쩐지 맨정신으로 돌아오고 싶었다.

주먹밥을 다 먹고 일어선 보영이 주머니를 뒤적이다가 아차 하는 표정과 함께 말했다.

어, 손수건! 없다. 오다가 떨어뜨렸나 봐요.

그 말에 나는 내가 들고 온 손수건을 건넸다. 나의 흰 손수건을 받아들고 보영은 조금 망설였다.

저, 초록 땀인데.

땀인데 뭐.

그런 건 아무 일도 아니에요. 나는 표정으로 말했고 보영은 땀방울이 맺힌 이마와 뺨과 턱을 손수건으로 콕콕 찍어 닦았다. 흰 손수건에 물든 맑고 옅은 초록 땀. 흐르고 번진 모양이 클로버 잎 같기도 하고 꽃 같기도 했다.

야호 한번 할까요?

보영이 물었고,

숨이나 잘 쉬고 살고 싶다!

나는 야호 대신 그런 말을 외쳤다. 보영은 그런 나를 좀 부끄러워하는 것 같았다. 뺨에 흐르는 초록 땀보다 내가 외치는 말들의 내용을. 그런 게 웃겨서 우리는 같이 쿡쿡 웃었다. 웃다가, 큰 소리를 외치느라 숨을 과하게 들이마셨던 내가 나도 모르게 걱 트림을 했고 그 순간 맞은편의 보영이 얄궂게도 흐읍 깊이 숨을 들이마셨다. 우리는 눈이 마주친 채 무척 민망해했는데 그 순간 달리 할 수 있는 말은 없었고 3초 뒤 동시에 파학······ 하고 숨을 내뿜으며 웃고 말았다.

미안해요.

얼굴이 새빨개진 내가 사과하자 보영은 말했다.
괜찮아요.
제가 그렇게 경우 없는 사람이 아닌데…….
숨 문제를 나눠 가졌네요.
보영이 그렇게 말해서 나는 주머니에 있던 손수건을 꺼내 흔들어 보였다.
나도요.

김화진

작가노트

색과 맛

　어떤 색 좋아하세요?라는 물음에는 대답하기가 쉽지 않다. 여러 색을 두루 좋아하기 때문이다. 유독 한 가지 색을 좋아한다고 말하기가 멋쩍다. 어떤 음식을 좋아하세요?라는 물음에도 마찬가지다. 뭔가 맛있는 게 먹고 싶다, 는 생각을 하면 떠오르는 음식 몇 가지가 있지만 그걸 가장 좋아하느냐고 하면…… 모르겠다. 좋아한다는 것은 자주 한다는 뜻, 여러 선택지가 있을 때 그것을 우선적으로 고른다는 뜻이겠지? 그렇게 나름대로 정리를 해보면 색깔은 주로 흰색이나 크림색을 선택하게 되는 것 같다. 색을 고르는 일은 옷을 살 때 가장 많이 하게 되는데 그때마다 나는 흰색이나 크림색을 선택한다. 내 옷장에는 비슷해 보이는 흰색과 크림색 상의와 하의가 널려 있다. 그렇다면 음식은? 어떤 음식을 가장 많이 선택했나 생각해보니 샌드위치와 삼각김밥을 가장 자주 먹고, 가끔 특식이라고 생각하는 치킨과 파스타를 먹는다. 그런데 자주 하는 선택이 곧 그것을 가장 좋아한다는 뜻이라는 결론으로 곧장 향하는 게 맞는 걸까?

나는 요즘 나에 대해 생각한다. 비교적 시간이 많아졌기 때문이다. 내가 생각한 나는 경험이 별로 없고 기쁨이 별로 없는 사람. 뭐든 귀찮아하면서 동시에 성질이 급한 사람이다. 내가 흰색 옷을 자주 입는 것과 삼각김밥이나 샌드위치를 자주 식사 메뉴로 고르는 것은 그런 성격에서 오는 면도 있는 것이다. 경험이 없어 내게 어울리는 색과 좋은 맛을 잘 알지 못하고 귀찮음이 지배하는 탓에 모르는 옷을 입어보려고 하거나 모르는 맛을 알아보려고 하지 않는다. 노력은 하지 않으면서 가끔 우연히 모르던 색과 맛이 내게 착 달라붙어 줬으면 하고 기다린다. 내게는 내 몸은 하나도 움직이지 않고서 어떤 것과 만나고 싶은 마음이 있다. 이 마음은 아주 게으르고 방만하지만, 가끔 운이 따라주어 원하던 것과 만나게 되는 때가 있다. 나는 그것이 이 쉬운 것 없는 세상에서 가끔 떨어지는 행운 같은 것이라고 생각한다.

김화진

옷을 사는 일이 아니면 또 무엇으로 색을 고르나? 가구? 소품? 그럴 수도 있겠지만…… 내게 옷을 살 때만큼이나 색을 고심해서 고르게 되는 경우는 편집자로 일하며 책표지를 정하는 순간이었다. 옷을 고를 때는 흰색을 편안해하면서 어쩐지 책표지를 고를 때는 여간해서는 흰색을 피하게 되었는데, 아마도 내 속에 흰색 말고 다른 색을 고르고 싶다는 욕망이 잔잔히 깔려 있지 않았나 생각하게 된다. 나는 책표지에 그려진 구체적이고 고유한 이미지보다는 그 책이 '어떤 색'의 책인지를 더 신경 썼던 것 같다. 이번 책은 노란 책이구나, 분홍 책이구나, 파란 책이구나, 하고 떠올리며 좋아하는 것이다. 편집자로 몇 년을 일하면서, 특히 표지에 색이 중요하게 쓰이는 책을 만들 때, 이를테면 문학론 에세이 시리즈 '매일과 영원'의 표지들을 고를 때면 이유 없이 '초록 책을 만들고 싶다'는 생각을 했었다. 하지만 그 기회는 오지 않았고…….

결국 초록을 가지고 싶다는 마음은 남아 이렇게 소설에 쓰게 된다. 색을 잘 고르지 못하는 나의 문제는 색이 나를 찾아오는 우연한 상황으로 보영에게 갔다. 나는 그런 보영을 상상했다. 초록 땀이 흐르면 그것을 잘 가려야 하기 때문에 어쩔 수 없이 초록 옷 초록 수건 초록 머플러 같은 것을 고르게 되겠지. 자주 고르다 보면 초록을 좋아하게 될까, 싫어하게 될까? 초록 가득한 방에서 맨몸운동을 하며 초록 땀을 흘리고 그것을 유리병에 담아 정성스레 포장하는 삶의 요령을 터득한 쫄지 않는 여성. 삶에 제약이 생겼으나 제약이 생긴 탓에 어떤 결정에 망설임이 없고 초록 옷을 척척 고르는 것처럼 나의 컨디션으로 가능한 일자리들을 한번 해보지 뭐, 하고 척척 옮겨 가는 사람. 슬리데린 목도리를 두르고 그리핀도르 학생처럼 사는 보영. 자주 하는 것이 좋아하는 것이라면 보영은 그런 삶의 모양도 좋아하게 된 걸까? 어쩐지 보영은 무엇이든 시원하게 좋아할 것 같다.

그리고 주먹밥. 현실의 내게는 주먹밥보다는 삼각김밥이 가깝다. 주변 사람들이 내게 밥 먹었어? 식사하셨어요?라고 물을 때 나는 네, 하고 대답하고 뭐 드셨어요? 맛있는 거 먹었어요?라고 질문이 이어질 때 대체로 참치마요 삼각김밥 먹었어요, 라고 대답한다. 매일은 아니고 주에 며칠 정도. 그러면 아이고…… 하는 소리가 돌아오기도 하는데 타인의 끼니를 자신의 끼니처럼 걱정해주는 사람들의 탄식이 듣기 좋다. 언젠가 이수역에서 미팅을 마치고

김화진

동료의 차를 얻어 타고 돌아오는 길에 뒷좌석에 앉은 질문을 잘하는 사람이 느닷없이 평생 한 가지 음식만 먹고 살아야 한다면 뭐 드실 거예요? 하고 물었다. 파스타? 샤브샤브? 그런 대답들이 있었고 나는 거기에도 참치마요 삼각김밥이라고 대답했다. 옆자리에서 진짜로……? 하고 진정성을 의심하는 목소리가 들려와서 그때 처음으로 진지하게 참치마요 삼각김밥의 좋은 점에 대해 말해보았다. 저는 김과 밥, 참치마요 맛 정도를 안다고 할 수 있을 것 같아요. 그 정도 맛만 나는 게 안 물리고 좋더라고요.

나는 내가 맛을 잘 모른다고 여겨왔고 그래서 내가 좋아하는 맛에 대해 이렇게 저렇게 정의를 내려본 적이 없는데 그날 이후로 좀 생각해보게 되었다. 나는 비교적 단순한 맛을 좋아하는 것 같다. 만들어 먹는 것이라면 조리 과정이 간단한 것. 그래서 참치마요 삼각김밥과 더불어 (만들어 먹어야 하는 것 중에는) 계란프라이도 무척 좋아하는데 나보다 맛을 잘 아는 미식가가 그것도 복잡한 맛이에요……라고 귀띔해준다면 할 말은 없다. 어쨌든 누군가의 질문 덕에 나는 한동안 어떤 음식을 고르고 먹을 때 내가 이것을 좋아하나? 내가 좋아하는 맛인가? 하는 물음에 사로잡혀 있었다. 어쩐지 30여 년 살아온 생에서 먹는 영역에 너무 무심했던 것 같고…… 식욕이 있는 것에 비해 좋아하는 것 리스트에 넣을 음식을 충분히 고민하고 기억하지 않았던 것 같고…… 내가 나에 대해서 아는 게 뭐냐 너무한다 싶은 마음으로 알던 맛들을 점검해본다.

 소설로 삶을 연습하는 것처럼 소설에 쓰면 꼭 현실의 나도 그것을 따라해보고 싶어지는데, 아직 참치마요 주먹밥을 만들어보진 못했다. 이상하게 손이 안 가……. 즉석밥과 김과 참치캔과 마요네즈를 사두긴 했는데 여전히 사둔 채로 있다. 지치고 피곤해져 집에 들어오면 부엌 쪽을 쳐다보는 것만으로 큰 한숨이 나와 배달 어플을 켜고 자주 시키던 것 중 하나(떡볶이, 치킨, 초밥 돌림판)를 냅다 시켜버린다. 몸이 지친 늦은 밤에는 좋아하는 단순한 맛이고 뭐고 그런 칼로리 높고 푸짐한 음식을 시키고 싶고, 욕심껏 먹고 소화가 안 되어 더부룩하게 맞는 다음 날에는 또다시 후회를. 단순하게 먹고 싶다는 마음으로 되돌아온 낮에는 과일가게에서 찐 감자나 찐 옥수수를 시킨다.(절대 내가 찌지는 않는다…… 아직은…….) 몇 번의 반복 끝에 그게 내가 좋아하는 패턴이라는 것을 알아차리게 되었다. 참치마요 주먹밥을 만들지는 못했지만 찐 옥수수와 찐 감자를 자연스럽게 시키는 사람이 되어버린. 「초록 땀」이 내게 가져다준 또 하나의 생활 방식.

나는 이렇게 나를 난간 삼아 소설을, 소설을 난간 삼아 난간 너머 낯선 땅을 본다. 혹은 낯선 하늘을. 어떤 걸 기준으로 두고 이쪽저쪽을 가늠해보는 이 행위의 개념, 이 은유는 김유림 시인이 『단어 극장』에서 알려준 것이다. 책 속 「난간에 기대어」라는 글에는 이런저런 글쓰기의 제약들이 글의 구체성을 드러내는 소중한 조건이라는 주장이 쓰여 있다. 나는 그 글이 좋았고, 그 글을 읽은 뒤 내가 기대고 있는 난간을 새삼 감각하게 되었다. 실상 김유림의 글에서 '난간'이 내가 이해한 것이 아닌 좀 더 글쓰기 차원의 제약이나 조건에 대한 은유일지라도 나는 그것을 나의 삶 여기저기에 두거나 발견한다. 나는 지금 소설 마감 난간 앞에 서 있군. 좋아하는 색도 찾지 못하고 좋아하는 맛도 자신 있게 말하지 못하는 상태의 난간 사이에 끼어 있군, 그렇게 말이다. 그리하여 여러 난간 사이에 쪼그리고 앉아 소설 한 편을 쓰게 되는데 그것이 좋다. 앞뒤 양옆으로 놓인 난간들에 가로막히거나 혹은 그것들을 타 넘으면서 소설 한 편 마무리! 난간 사이에 앉아 소설을 다 쓴 뒤 저린 다리를 펴고 난간 너머 낯선 땅과 하늘을 바라보는 일은 얼마나 좋은지. 시원한 바람이 불어 내게 흐른 적 없는 초록 땀을 식혀주는 것 같다.

김화진

문진영

2009년 『담배 한 개비의 시간』으로 창비장편소설상을 수상하며 작품 활동을 시작했다. 소설집 『눈 속의 겨울』 『최소한의 최선』, 중편소설 『딩』 『미래의 자리』, 짧은 소설집 『햇빛 마중』이 있다. 2021년 김승옥문학상 대상을 수상했다.

나쁜 여행

숙소는 치앙마이 서쪽, 어느 조그만 마을에 자리 잡고 있었다. 그 동네가 네 취향에 맞을 거야, 하고 알려준 건 핌이었다. 내 취향에 대해 핌이 뭘 알고 있는지는 의심스러웠지만 말이다. 님만해민이나 타패 쪽이야 워낙 유명했지만 핌이 소개해준 지역은 이름조차 처음 들어보았다. 요즘 서서히 뜨고 있는 동네라서 아직까진 제법 한적할 거라고 핌은 말했다.

입국장을 빠져나와 공항 택시를 탔다. 복잡하고 활기찬 중심가를 지나 조금 달리자 금세 초록이 무성해졌다. 하늘이 무척이나 파랗고 깨끗해서, 바람도 덩달아 차갑고 신선할 것 같았다. 에어컨이 작동하고 있는 것 같긴 했지만 송풍구에 가만히 손바닥을 대보니 미약하고 미지근한 바람만 나오고 있었다.

창문을 열어도 되나요?

내가 영어로 묻자 중년의 택시 기사는 슈어, 하더니 조금 기쁜 듯이 에어컨의 전원을 껐다. 생각보다 시원하진 않았으나 건조하고 산뜻한 바람이 얼굴을 때렸다. 나는 숨을 깊게 들이쉬었다. 이곳에 오기로 마음먹은 뒤 처음으로 안도감이 들었다. 나쁘지 않을 것 같은데, 나는 생각했다. 언제부턴가 나는 나쁘지 않은 정도로 만족하는 인간이 되었다.

잠시 후 기사가 앞좌석 창문을 모두 열었다.

날씨가 정말 좋네요.

나는 부럽다는 듯 말했다. 말수가 별로 없는 기사가 옆얼굴에 미소를 띠고는 맞아요, 그렇지만 아주 짧아요, 하고 말했다. 그러게요, 좋은 건 항상 짧지요. 소리 내 말하지는 않고 그렇게 생각만 했다.

거의 다 왔어요.

말이 끝나기가 무섭게 도로가 비포장으로 바뀌었다. 방갈로처럼 생긴 집들이 길 양옆으로 나란히 자리 잡고 있었다. 보이는 건물 대부분이 층고가 낮아 전체적으로 다정한 느낌이었다.

그때 저 멀리, 커다란 콘크리트 건물이 보였다. 납작한 주변 풍경과 어울리지 않게 홀로 우뚝 솟아 있는 그곳이 바로 내가 머물 숙소였다. 예약 사이트에서 외관 사진을 얼핏 보았던 게 기억났다. 하지만 그때는 방 안 사진이 더 눈에 들어왔었다. 노출 콘크리트로 된 내부에 작은 발코니가 딸려 있었고, 가구와 소품들도 모던하고 감각적이었다.

택시에서 내려 숙소에 체크인했다. 태국인 직원의 영어 발음을 잘 알아듣지 못해 시간이 한참 걸렸다. 인포 데스크가 있는 자그마한 로비는 5층 높이의 천장까지 한가운데가 뻥 뚫려 있었다. 까마득히 높은 천장에 커다란 샹들리에가 달려 있었고, 외부와 통하는 계단참에서는 막힘없는 뷰가 펼쳐졌다.

나중에 직원이 내가 묻지도 않았는데 들려준 바로는, 이 숙소의 주인이 건축 관련 사업을 하는 미국 사람이며, 태국인 아내와 재혼해 현재 방콕에 살고 있다고 했다. 태국인 직원들을 관리하는 사람은 마찬가지로 그에게 고용된 미국인 여성으로, 일주일에 하루 정도만 들른다고 했다. 하지만 머무는 동안 그 매니저란 사람은 한 번도 보지 못했다.

건물의 규모치고 엘리베이터는 없어서, 나는 커다란 캐리어를 양손으로 힘껏 쥐고 끙끙대며 내 방이 있는 4층까지 올라가고 있었다. 그때 초록색 민소매 티셔츠를 입고 분홍색 고무 슬리퍼를 신은 여자애 하나가 총총 계단을 뛰어 올라왔다.

그 애는 나를 보자 얼어붙은 것처럼 멈춰 섰다. 귀밑까지 바짝 자른 단발머리에, 눈동자가 아주 까맸다. 헬로, 내가 거친 숨을 몰아쉬며 인사를 건넸다. 그 애는 쑥스러운 듯 웃었지만 같은 인사를 돌려주지는 않았다. 날 도와줘야 하는 걸까 잠시 생각했다가, 제 딴에도 별 도움이 되지 않을 거라는 판단을 내린 듯했다.

내가 힘겹게 다시 발을 떼자 그 애는 기다렸다는 듯 나를 지나쳐 다시 계단을 뛰어 올라갔다. 숙박객 중 하나일까? 연말의 치앙마이는 날씨가 좋아서 외국인뿐 아니라 태국인들도 여행을 많이 온다고 들었다. 마침내 내 방을 찾아 열쇠로 문을 여는데 멀리서 여자들의 새된 웃음소리가 들려왔다.

방 안에 캐리어를 들여놓고, 나는 그대로 바깥쪽 침대에 드러누웠다. 청소는 매일 해주고, 침대 베딩은 요청하면 교체해준다고 했다. 방 안을 둘러보았다. 사진과 크게 다를 건 없었지만 어쩐지 황량하게 느껴졌다. 습기를 머금은 콘크리트 냄새가 희미하게 났다.

에어컨을 켜지 않았는데도 방 안은 시원한 편이었다. 해가 많이 들지 않도록 창문이 가로로 길쭉하게 나 있었고 블라인드도 내려져 있었다. 발코니는 유리로 된 미닫이문으로 분리되어 있었다. 기다란 바 테이블이 한쪽 벽을 차지하고 있었는데, 구석에는 헤어드라이어와 탁상용 거울, 그 반대쪽 구석에는 티포트와 찻잔, 기본으로 제공되는 인스턴트 커피와 밀크티 등이 담긴 쟁반이 놓여 있었다. 작은 냉장고, 개방형 옷장, 조그만 책상과 의자가 하나씩, 꼭 필요한 것들만 깔끔하게 구비되어 있었다.

그대로 한숨 자고 싶었지만 뭐 대단한 시차를 건너온 것도 아니어서 일단 샤워를 하기로 했다. 욕실도 꽤 널찍했다. 물줄기가 약하고 배수 속도가 느린 건 답답했지만, 이 정도 불편함은 감수할 수 있었다. 해가 완전히

지기 전에 동네를 한 바퀴 둘러볼 생각이었다.

나는 옷을 갈아입고 목에 액션캠을 걸었다. 흔들림 방지 기능이 있고 손이 자유로워서 여행 브이로거들이 많이 쓴다는 제품이었다. 셀카봉은 아직 좀 쑥스러웠다.

○

자기가 좋아하는 걸 하세요. 그걸 하는 과정을 보여주세요.

나의 최애 유튜버 헤밤 님이 말했다. 그런데 나는 뭘 좋아하나. 한때 영화라는 것에 몸과 마음을 다 바쳤지만, 이제 와선 마치 잠수이별을 겪고 있는 느낌이었다. 잠수를 탄 쪽이 내 쪽인지 그쪽인지는 모르겠지만.

졸업 후 곧바로 유튜브 영상을 만드는 스튜디오에 계약직으로 입사했다. 처음에는 돈도 벌고 촬영과 편집 기술도 연마할 수 있으니 일석이조라고 생각했다. 열심히 일해서 제작비를 모으는 틈틈이 작품을 구상하고 시나리오도 써야겠다 싶었다.

하지만 입사 후 몇 달이 지나도 카메라에는 손도 댈수 없었다. 편집할 원본 영상만 해도 쌓인 게 오백만 개 정도였다. 이걸 편집하다가 저기 자막을 넣고, 이걸 수정하다가 저걸 수정하고……. 그러다 문득 이런 생각이 들었다. 졸업 작품이 내 필모그래피의 처음이자 마지막이 되겠구나.

종일 남의 영상을 만지작거리다가 퇴근하고 돌아와

서는 또 침대에 누워 유튜브로 브이로그를 봤다. 그게 제일 편했다. 가마니처럼 가만히 있는 것. 영화도 만들지 않고, 달리 무엇을 하고 싶지도 않다면 계속 이렇게 가만한 채로 늙어가게 될 것 같았다. 두려움이 커질수록 나는 더 무기력해졌다.

내가 자주 보는 건 구독자 80만 유튜버 헤밤 님의 채널이었다. 헤밤 님은 자신이 사는 곳을 미니멀하지만 아름답게 꾸미고, 좋은 재료로 정갈한 요리를 해 먹고, 여기저기 여행을 다니면서 뮤직비디오 같은 브이로그를 찍었다. 그걸 보고 있자면 나도 한번 해볼 수 있을 것 같은 기분이 들었다.

나는 헤밤 님의 영상들을 '날짜순'으로 정렬해, 제일 처음 올라와 있는 영상을 봤다. 화면은 사방팔방 흔들려 멀미가 날 것 같았고, 후보정은커녕 자막도, 편집도 없이 날것 그대로였다. 영상 속 헤밤 님의 방은 지금 내 방만큼 좁아 보였다.

세 번째 영상에서 헤밤 님은 편의점 아르바이트를 마치고 폐기된 도시락을 가져와, 다이소에서 산 예쁜 접시에다 내용물을 보기 좋게 플레이팅하고 있었다. 그녀는 떡갈비를 집어 먹으며 이야기를 시작했다. 오랫동안 사귄 남자친구와 결혼 얘기를 나누다가 돈 문제로 갈등이 깊어졌다. 그와 헤어진 날 밤 그녀는 브이로거가 되기로 결심했다. 번듯한 직장이 없고 돈이 없더라도 나 자신을 잘 보살펴야겠다. 다른 누구보다도 내가 나 자신을 사랑한다는 걸 스스로에게 증명해야겠다. '헤어진 날 밤'을 줄여 헤밤이었다.

그녀는 이제 엄청나게 넓은 아파트에 살며, 매일 다른 종류의 운동을 하고, 협찬으로 몇 년에 한 번씩 차를 바꾼다. 과연 그렇군요! 지금은 80만 유튜버가 되었으니 그녀가 하는 말은 구구절절 진실이었다.

내 방 안을 한번 둘러보았다. 지금 여기에서 시작할 수 있을까? 가능성이 있을까? 김치냉장고를 중심으로 배치된 책상과 침대, 촌스러운 연두색에 난해한 줄무늬가 들어간 벽지, 한쪽에는 잡동사니들이 망한 테트리스처럼 천장까지 쌓여 있었다.

졸업하고 자취방을 정리하면서 부모님 집으로 돌아왔다. 다시는 돌아오지 않을 것처럼 깔끔하게 비워두고 떠났던 내 방의 새 주인은 나처럼 제자리를 부여받지 못한 오만가지 물건들이었다. 엄마는 단호하게 김치냉장고를 옮길 다른 공간은 이 집에 없다고 말했다.

장애물을 작게 만드세요! 지금 당장 시작하세요!

지금 당장 시작하고 싶었다. 아니, 끝내고 싶었다. 하지만 이 방을, 이 삶을 어떻게 해볼 도리가 없었다.

그 무렵 헤밤 님 채널에 새 영상이 올라왔다. 치앙마이에서 한 달 살기를 하는 중이라고 했다. 그녀는 바람 솔솔 부는 야외에서 요가를 하고, 알록달록한 음식들을 먹었다. 분위기 좋은 카페에서 고소한 향이 화면을 뚫고 나올 것만 같은 진한 커피를 홀짝이며 책을 읽었다.

소품숍에서 산 아기자기한 물건들을 하나씩 보여주기도 했다.

나는 여행을 그리 좋아하지 않았다. 여기저기 돌아다니는 건 생각만 해도 피곤했다. 하지만 헤밤 님처럼 저렇게 한동네에 오래 머무는 건 나쁘지 않아 보였다. 파란 하늘, 싱싱한 초록, 친절한 사람들과 여기저기 널브러져 있는 고양이들……

나도 저기에 가야겠다. 다시 카메라를 잡아야겠다.

갑자기 가슴이 뛰었다. 어쩌면 지금 이 순간이, 내 인생을 완전히 바꿔놓을 순간일지도 모른다는 생각을 잠깐 했다. 결코 그럴 리 없다는 생각이 곧바로 뒤따라오긴 했지만.

일단 저지르라는 헤밤 님 말에 힘입어 나는 퇴사를 선언했다. 두려움에 정면으로 맞서기 위해 비행기 티켓도 결제했다. 치앙마이에 갈 거라고 SNS에 게시물을 올렸다. 캐리어를 사고, 액션캠도 샀다.

하지만 막상 부모님께 여행 간다는 말을 하려니 입이 떨어지지 않았다. 이제껏 일주일에 겨우 하루 쉬면서 식당을 운영해 길러낸 유일한 딸내미가, 두 분을 휴가 보내드려도 모자랄 판에 저 혼자 한 달이나 따뜻한 남쪽 나라로 놀러 간다니. 나는 28인치 캐리어가 든 커다란 택배 박스가 현관문 앞에 도착하고 나서야 모든 걸 고백했다. 놀랍게도 그 순간에 부모님은 별 반응이 없었다.

그러나 다음 날, 김치를 꺼내러 내 방에 들어왔던 엄

마가 방 한구석을 가리키며 한마디 했다.
저거 쓰면 되지 왜 쓸데없이 가방을 새로 샀어?
그건 겨울옷이 들어 있는 낡은 이민 가방이었다.
차라리 이민을 가라는 뜻이었을까.

하루가 다르게 마음이 불안해졌다. 회사에 그냥 계속 일하겠다고 말할까. 내가 일하는 곳은 요즘 잘나가기로 손에 꼽히는 스튜디오 중 하나인 데다, 계약도 연장될 분위기였는데 도대체 무슨 짓을 한 걸까 싶었다. 숙박비와 식비 등등 나를 기다리고 있을 지출을 생각하니 속이 후들후들 떨렸다. 비행기 티켓을 취소하면 수수료가 얼마인지, 캐리어를 반품하면 배송료가 얼마나 붙는지 검색하며 후회를 곱씹고 있던 그때, 갑자기 핌에게서 메시지가 왔다.

○

핌은 자기한테 알리지도 않고 태국에 다녀갈 셈이었냐며, 섭섭하다고 했다. 태국에 가면서 핌을 전혀 떠올리지 않은 건 사실이지만, 그게 왜 섭섭할까 의아했다. 그 애가 이 세상에 존재한다는 사실을 인지한 때로부터, 앞으로 다시 볼 일이 없으리라고 생각한 때까지는 불과 4개월에 불과했으니까. 그 애가 나와 다르게 생각했다면 그건 더욱 의아한 일이었다.
핌은 내가 다니던 대학에 한 학기 동안 교환학생으로

왔었다. 누가 얘기해준 바로는 픾이 다니는 학교가 태국에서 제일 유명한 예술대학이라고 했다. 3학년 2학기 때 '다큐멘터리 제작 실습' 수업을 같이 들었다. 제비뽑기로 두 명씩 한 조를 이뤄 10분 내외의 짧은 다큐멘터리 필름을 만드는 수업이었다.

한 조가 된 탓에 한 학기 내내 픾과 꽤 많은 시간을 붙어 있긴 했어도 과제가 아닌 다른 이유로 만난 적은 없었다. 픾과 나는 그럭저럭 합이 맞았지만, 우리가 제출한 과제 역시 그럭저럭한 평가를 받았다.

픾은 영국 유학 경험이 있어 영어를 워낙 잘했다. 그래서인지 항상 자신감이 있어 보였고, 낯도 전혀 가리지 않는 것 같았다. 하지만 만나서 이야기하다 보면 묘하게 거리감이 느껴졌다. 어째서인지 내 눈동자가 아니라 그 언저리 어디쯤을 보고 있다는 느낌. 내 말에 동의하는 듯하면서도 결국에는 자기가 원하는 방식으로 상황을 끌고 가는 듯한 느낌. 그러니까 나는 결국 그 애를 인간적으로 좋아하게 되지는 않았다.

학기가 끝나는 날, 학교 근처에 새로 생긴 무한리필 고깃집에서 종강 뒤풀이 겸 모 선배의 축하 파티가 있었다. 그 선배가 졸업 작품으로 찍은 단편영화가 해외 영화제에서 상을 받았다. 후배들과는 별로 어울리지 않던 선배였는데도 재학 중인 인원 대부분에다 휴학한 동기들까지 몰려왔다.

그리고 픾도 거기 있었다. 친하게 지내는 몇몇 친구들과 함께 앉아 있었다. 순간 픾이 와도 되나? 싶었지

문진영

만, 금세 못 올 것도 없지 싶었다. 나도 선배와는 전혀 친분이 없었으니까. 지나다닐 때마다 단 한 번도 테이블이 꽉 차 있는 걸 못 봤던 고깃집이 들썩거렸다. 자욱한 연기 속에서 고기를 먹는 둥 마는 둥, 핌은 지루한 듯 휴대폰을 들여다보고 있었다.

 2차로 옮겨 가는 시점에 빠져나와 자취방을 향해 걷고 있는데 뒤에서 누가 내 이름을 불렀다. 돌아보니 핌이었다. 내 자취방은 학교 정문 근처에 있었고, 핌은 기숙사에서 살았기 때문에 우리는 일단 학교를 향해 함께 걸었다. 조금 어색했다.

 핌이 춥다며 몸을 잔뜩 웅크렸다. 나는 종아리까지 오는 롱패딩을 입어서인지 하나도 춥지 않았다. 그 패딩은 흔히 '돕바'라고 부르는 것으로, 신입생 때 다 함께 맞춘 것이었다. 히말라야에 갈 수 있을 정도로 따뜻해서, 나는 학교 다니면서 가장 잘한 일이 그 돕바를 산 일이라고 생각할 정도였다. 당시에는 큰 지출이라 망설이긴 했어도 몸에 한번 걸쳐본 순간부터는 조금도 후회하지 않았다.

 그 애는 한국의 겨울에 대비해 마땅한 겉옷을 준비해 오지 못했다고 했다. 소문은 들었지만 이 정도로 추울 줄은 몰랐다면서. 이제 몇 주만 있으면 다시 돌아갈 텐데, 두꺼운 패딩을 사는 것도 이래저래 번거로워서 그냥 가지고 있는 옷을 여러 겹 껴입으며 버티고 있다고 했다. 얇은 가죽 재킷을 걸치고 벌벌 떠는 모습이 안쓰러웠다.

자취방이 있는 건물 근처에서, 나는 입고 있던 돕바를 빠르게 벗어 핌의 어깨에 걸쳐주었다. 핌은 오 마이 갓, 하고 외쳤다. 진짜 따뜻해.

 태국에 돌아갈 때까지 네가 입다가 돌려줘. 나는 다른 패딩 있어.

 나는 그렇게 말하고 쑥스러워서 건물 안으로 뛰어 들어갔다.

 술김에 그런 짓을 한 것이 무척 창피하긴 했지만, 그날 이후로 마주칠 때마다 핌은 항상 그 돕바를 입고 있었다. 낮이나 밤이나, 마치 돕바와 한 몸이 된 것 같은 핌을 마주칠 때마다 나는 괜히 뿌듯했다. 하지만 그 일로 인해 그 애와 더 가까워지기는커녕 멀어지고 말았는데, 핌이 내게 그 돕바를 돌려주지 않은 채 태국으로 돌아가버렸기 때문이다.

 돕바에 학교 이름이 커다랗게 박혀 있어서 졸업 후에는 어차피 입고 다니기 어렵긴 했어도 한파가 몰아칠 때면 가끔 생각났다. 돕바가 생각나면 핌이 생각났고, 그 생각은 입지도 않을 돕바 때문에 다시 보지도 않을 인간에게 앙심을 품는 내가 얼마나 속 좁은 인간인가, 라는 생각으로 다시 이어졌다. 그래서 핌이 연락을 해 왔을 때 나는 반가운 마음이 들면서도, 한편으로는 '돕바나 돌려줄 것이지'라고 또다시 생각하고 말았다.

 핌은 태국으로 돌아간 후 얼마 지나지 않아 어떻게 알았는지 내 인스타그램을 팔로우했다. 핌은 내가 인스타그램에 게시물을 올리면 이따금 '좋아요'를 눌러주었는데, 나도 핌의 피드를 종종 살펴보고는 했지만 '좋아요'를 누르지는 않았다. 누를 필요가 없었기 때문이다. 핌은 팔로워가 4.2k명이었다.

인스타그램 속 핌은 내가 알던 핌이 아닌 것 같았다. 심플한 드레스를 입고 칵테일 잔을 쥐고 있는 핌. 뷰가 끝내주는 고층 호텔 야외 수영장에서 하얀 비키니를 입고 선베드에 누워 있는 핌. 캐비어가 올라간 조막만 한 스테이크를 막 썰기 직전인 핌…….

내가 아는 핌은 기숙사에 살고, 주야장천 학식만 먹고, 패딩도 없이 벌벌 떨고 돌아다니던 핌이었다. 물론 나는 그 애가 궁금하지 않았기 때문에 그 애에 대해 아는 것이 별로 없었다. 핌은 한국에 있을 때 매일 똑같은 가죽 재킷 아니면 트렌치코트를 입고 다녔는데, 나는 그게 명품인지 아닌지 구별할 능력도 없었다. 어쩌면 핌한테 삼겹살 냄새가 밴 꼬질꼬질한 돕바 하나쯤은 길에서 사 먹는 로띠 한 장이나 다름없어서, 내게 돌려주고 말고 크게 신경 쓸 일이 아니었는지도 모른다.

아무튼 핌은 이 숙소의 링크를 내게 보내며, 숙소비를 반반 지불하는 조건으로 내가 머무는 한 달 동안 자신도 같은 방에서 일주일 정도 묵고 가면 어떻겠냐고 제안했다. 트윈룸은 싱글룸보다 훨씬 넓고 발코니도 컸다. 비용도 반으로 나누면 싱글룸보다 저렴했다.

성수기라서인지 다른 숙소들도 예상보다 훨씬 비쌌다. 나 혼자라면 그곳에 가서도 가장 작고 누추한, 이

방과 크게 다를 바 없는 방에 또 묵게 될 것이 분명해 보였기 때문에 나는 핌의 제안을 받아들였다. 현지인 친구와 함께하는 여행 브이로그라니 그것도 꽤 좋은 콘텐츠가 될 것 같았다.

얼마 지나지 않아 핌은 이 동네의 맛집과 가볼 만한 카페 들의 목록과 함께, 편의점 배달앱 주문과 세탁 픽업 서비스까지 친절하게 알려주었다. 그 정도면 돕바에 관한 앙금을 털어낼 수도 있을 것 같았다.

○

눈을 뜨면 습관적으로 액션캠을 목에 걸고 집을 나섰다.

치앙마이의 11월 말 날씨는 한국의 초여름 같았다. 한낮에는 기온이 30도까지 올라가고, 햇살은 뜨겁지만 습하지는 않아서 그늘 밑은 매우 시원했다. 여기저기 기세 좋게 자라난 나무들이 우거져 있어 넋 놓고 바라보게 되곤 했다.

핌 말대로 동네 전체가 조용하고 한적했다. 개와 고양이 들은 하나같이 가장 서늘한 곳을 찾아 다리를 뻗고 누워 있었다. 그들은 모두 자유로워 보였고, 자신답게 존재하고 있는 듯했다.

그런데 나는 왜 여기에 있지?

카페에서 눈에 들어오지 않는 책을 펼쳐놓고 앉아 있다가, 즐겨 가게 된 국수집에서 이게 한 그릇에 3천 원도 안 하다니 말도 안 돼, 하고 기뻐하다가 문득, 내가 여기 왜 왔더라, 생각했다.

액션캠은 내 가슴 위에서 프레임에 들어오는 모든 걸 담고 있었고, 특별하게 느껴지는 순간들은 휴대폰으로 따로 공들여 찍기도 했지만 그뿐이었다. 중심가로 나가서 야시장을 구경한다든지 유명한 쇼핑몰에 가본다든지 할 수도 있었겠으나 곧 그래서 뭐, 하는 생각이 들었다. 그걸 찍어서 뭘 어쩌겠는가, 하는 생각이.

어쩌면 이 고요함이 지금 내게 가장 필요한 것이었는지도 모르겠다는 생각이 들었다. 잘라낼 필요도, 자막을 달 필요도 없는 이 텅 빈 풍경이. 해가 뉘엿해지고 비쩍 마른 개들이 어슬렁거리기 시작하면, 편의점에 가서 조그만 맥주 한 캔을 샀다. 근처에 모여 있는 푸드트럭에서 무뼁과 찰밥, 먹기 좋게 잘린 그린망고, 수박, 파파야 따위를 샀다.

비닐봉지를 흔들며 숙소로 돌아올 때면 까오가 어김없이 자전거를 끼익거리며 마중 나왔다. 짧고 강한 비가 심심찮게 내려서 포장되지 않은 길 곳곳에 커다란 웅덩이가 있었다. 자신의 몸보다 훨씬 큰, 녹슨 성인용 자전거에 올라탄 까오는, 웅덩이를 요리조리 피해 숙소까지 나를 앞서거니 뒤서거니 하며 따라왔다. 그러다 눈이 마주치면 그냥 또 웃었다.

이곳에 온 지 사흘째 되던 날, 점심을 먹고 나니 조금 졸려서 일찍 숙소로 돌아왔는데 리넨룸의 문이 활짝 열려 있었다. 안쪽으로 커다란 세탁기들이 보였고 한쪽에는 침대보와 이불이 잔뜩 쌓여 있었다. 한 여자가 빨래를 세탁기에 넣고 있었다. 한창 하우스키핑을 하는 시간인 듯했다.

잠시 후 며칠 전 계단에서 보았던 단발머리 여자애가 그쪽으로 달려가더니, 내가 모르는 말로 여자에게 재잘재잘 떠들기 시작했다. 말 엄청 잘하네. 여행 온 게 아니라 저 여자분의 딸인가 보구나, 생각했다.

방으로 올라가자 또 다른 여자 하나가 내 방을 청소하고 있었다. 곤란해하는 기색이어서 나는 노트북만 얼른 챙겨 밖으로 나왔다. 이참에 요 며칠 찍은 영상을 한번 살펴봐야겠다고 생각했다. 나는 1층에 있는 카페테리아로 갔다. 생맥주와 커피를 판매한다고 적혀 있었다. 당구대와 다트판도 있었는데 오랫동안 사용하지 않았는지 전부 먼지가 쌓여 있었고, 만져보면 왠지 끈적끈적할 것 같았다.

조그만 종을 쳐서 직원을 불렀다. 낮잠을 자고 있었는지 부스스한 얼굴의 여자 직원이 카운터와 연결된 바 안쪽 문에서 나타났다. 아이스커피를 한잔 달라고 했더니 아주 귀찮은 기색이었음에도 이내 방으로 올려다 줄까, 하고 물었다. 굳이 에어컨도 없는 이곳에 내려와 커피를 마시려고 하는 게 이해가 안 된다는 표정이었다. 나는 웃으며 괜찮다고 대답했다.

카페테리아에 딸린 테라스로 나가 나무 테이블 앞에 앉았다. 맞은편 의자에 초록색 목줄을 한 얼룩 고양이

한 마리가 몸을 길게 뻗고 누워 있었다. 내가 휴대폰으로 잠든 고양이를 찍고 있는 동안 직원이 커피가 든 유리잔을 코스터도 없이 테이블에 내려놓고는 사라졌다.

나는 자리에 앉아 노트북을 펼치고, 그간 촬영한 영상들을 모두 옮겼다. 그것만도 한참 걸렸다. 영상 중 몇 개를 열어 빠르게 돌려보았다. 한숨만 나왔다. 언제 이걸 다 살펴보고, 무엇을 남기고 버릴지 결정하지? 원두가 오래되었는지 커피에서 찌든 기름 맛이 났다.

편집이고 뭐고 휴대폰으로 퍼즐게임을 하기 시작했다. 같은 색 퍼즐을 맞추기만 하면 되는 단순하고 쉬운 게임. 어느 순간 아까 그 여자애가 테라스에 나타났다. 나 때문이 아니라는 듯 나를 보지 않고 테이블 사이를 걸어 다니다가, 어느새 맞은편으로 와서 잠든 고양이의 뱃살을 주무르기 시작했다.

고양이, 이름이 뭐야?

내가 묻자 아이가 빤히 쳐다봤다.

캣. 네임.

내가 고양이를 가리키며 재차 묻자 그 애는 망고, 하고 작은 목소리로 대답하더니 갑자기 내 쪽으로 다가왔다. 땀 냄새가 훅 끼쳐 왔다. 땡볕에 종일 자전거를 타고 돌아다니니 땀이 안 날 리가 없었다. 하지만 기분 나쁜 냄새는 아니었고 약간 비릿한 바람 냄새에 흙냄새 같은 것이 섞여 있었다.

너는? 네 이름은 뭐야?

그 애는 커다란 눈으로 영상 편집 프로그램이 열려

있는 노트북 화면을 물끄러미 들여다보았다. 나는 재차 물었다.

그럼…… 몇 살이야?

그 애는 대답 대신 이번에는 내 생수병을 가리켰다. 그러더니 마시는 동작을 했다. 왜 굳이 내가 먹던 물을 마시려고 하는지 알 수 없었지만 이마에 땀이 송골송골 맺혀 있는 걸 보니 목이 많이 마른가 보다 싶었다. 그래, 나는 생수병을 그 애 쪽으로 밀었다. 그 애는 입을 대지 않고 조심스럽게 물을 두 모금쯤 마시더니 말했다.

까오.

이름이 까오야?

그 애는 대답 대신 이번에는 손가락을 아홉 개 폈다.

아홉 살이구나.

그 애는 고개를 끄덕였다.

나는 손가락을 두 개 폈다가 다시 아홉 개를 폈다.

29. 나는 스물아홉 살이야.

그 애가 푸스스 웃었다. 그러더니 갑자기 내 옆에 앉았다. 그러곤 한번 만져보고 싶다는 듯 휴대폰을 손가락으로 가리켰다. 손톱이 새까매서 잠시 멈칫했지만, 나는 그래도 친절하게 이거 해볼래? 하고 물었다. 그 애는 고개를 끄덕이더니, 금세 내가 하고 있던 게임의 룰을 익히고 같은 색 블록들을 맞추기 시작했다. 미간에 주름을 잡고 집중하는 옆모습이 꽤 귀여웠다.

그때 갑자기 아까 그 직원이 다시 나타나 까오에게 엄한 어조로 뭐라고 말했다. 까오는 휴대폰을 테이블에

문진영

내려놓더니 자리에서 일어나 쪼르르 밖으로 나갔다. 아임 오케이, 내가 말하자 직원이 고개를 저었다. 쟤가 자꾸 손님들한테 말을 걸고 물건을 만져서 컴플레인이 여러 번 들어왔어요, 직원이 푸념하듯 말했다.

근데 요즘 방학인가요?

내 물음에 직원은 고개를 저었다.

그냥 오늘 학교 가기 싫다고 안 갔어요.

그래요?

분명 어제도 그제도 학교에 가지 않은 것 같은데 그래도 되나, 싶었지만 그냥 그러려니 했다. 그날 이후로 나는 카페테리아에 다시 가지 않았다. 그 애가 또 옆에 와서 앉을까 봐. 싫은 게 아니라 그냥 어색하고 불편했다. 단순한 영어조차 통하지 않는 데다가, 아홉 살 어린이를 어떻게 대해야 할지, 무슨 말을 해야 할지 알 수 없었기 때문이다.

그런데도 까오는 내게 호감을 보이기 시작했다. 내가 방 밖으로 나가면 어느새 웃음 띤 얼굴로 주변을 서성였다. 멀리서 숙소로 돌아오는 나를 발견하면 자전거를 끽끽거리며 곁에 다가왔다. 그래 놓고는 막상 숙소에 도착하면 자기가 언제 나를 따라왔냐는 듯 본체만체, 말을 걸어도 아무 대답도 안 했다.

3주를 그렇게 보냈다. 액션캠을 목에 걸고 밖으로 나가, 양산도 없이 그늘 밑으로 요리조리 걸어 아침 겸 점심으로 뜨끈한 국수를 먹었다. 다시 땡볕을 걸어 마당에 커다란 나무가 있는, 내가 좋아하게 된 카페에 가서 커피를 주문했다. 나무 그늘 아래 아무것도 하지 않은 채로 멍하니 앉아 있었다. 숙소로 돌아오면 샤워를 하고, 또다시 발코니에 앉아 맥주를 홀짝이며 해 지는 풍경을 바라보았다.

이보다 더 사치스러울 수가 있을까. 그런 생각이 들면 갑자기 다시 마음이 요동쳤다. 시간을 이렇게 무용하게 흘려보내다니. 불안이 동심원을 그리며 일파만파 퍼져나갔다.

벌써 내일은 퓜이 이곳에 오기로 한 날이었다. 이곳에 와 있는 동안 나는 제대로 된 여행을 한 것도 아니고, 브이로그를 만든 것도 아니고, 맘 편히 쉬지도 못했다는 생각이 들었고, 왠지 억울했다.

○

나는 그랩으로 부른 택시에 올라탔다.

웨어 아 유 프롬? 차이나?

뿔테 안경을 낀 젊은 남자 기사가 다짜고짜 물었다. 나는 무뚝뚝하게 노, 코리아, 하고 대답했다.

오, 코리아!

'대화 없이 가고 싶다'는 옵션이 있기에 분명 그걸 선택했던 것 같은데. 기사가 아랑곳하지 않고 한국 드라마와 치맥에 대한 사랑을 내게 고백하는 동안 나는 휴대폰을 들여다보며 오 리얼리? 와우, 등으로 추임새를

문진영

넣었다. 그러다 기사가 갑자기 의아하다는 듯이 물었다.
 그런데, 공항 가는데 왜 짐이 없어?
 친구 마중 가는 거라고 말하고 싶었지만 '마중'에 해당하는 영어 단어가 좀처럼 떠오르지 않아서 나는 프렌드, 프렌드 커밍, 하고 말하고 다시 휴대폰을 들여다보았다. 기사는 마침내 입을 다물었다.
 몇 주 전 내가 내렸던 공항으로 짐 없이 돌아가는 기분이 묘했다. 이대로 공항 카운터에 가서 드라마의 한 장면처럼 '어디로든, 가장 빠른 티켓 주세요'라고 말해보면 어떨까. 짊어진 것 없이, 아무도 나를 모르는 곳으로 가서 새롭게 시작할 수 있다면. 그런데 대체 무엇을 끝내고 무엇을 다시 시작해야 하는 걸까.

 택시에서 내려 공항 안으로 들어갔다. 기사가 나를 내려준 곳은 국제선 입구 쪽이어서, 공항을 가로질러 국내선 입국장까지 한참 걸어야 했다. 작고 낡은 공항이었지만 한창 성수기여서인지 사람들로 북적였다. 입국 대기장은 한국의 버스터미널 같았다. 나는 빈자리를 찾아 앉았다.
 공중에 달린 모니터를 보니 픰이 타고 있는 방콕발 비행기는 조금 연착된 모양이었다. 모르는 말들 사이에서 한국어가 유난히 크게 들렸다. 모녀지간인 듯한, 서로 부둥켜안고 기뻐하는 여자들을 보았다. 커다란 골프 가방을 어깨에 멘 중년 남자들이 소란스럽게 지나가고 제 몸만 한 배낭을 짊어진 여행자들이 입국장을 빠져나오는 동안에도 핌은 보이지 않았다.

그때 누군가 뒤에서 내 이름을 불렀다. 돌아보니 핌……인가. 핌인 것 같았다. 검정색 민소매 원피스를 입고 허리에는 같은 색 카디건을 묶었다. 알이 커다란 선글라스를 밀어 올려 머리띠처럼 끼우고 있었다. 단발이었던 머리카락은 가슴께까지 길었고, 방금 전까지 비행기를 타고 온 사람이 맞나 싶게 헝클어진 곳 하나 없이 아주 곧고 매끄러웠다. 플루토가 그려진 티셔츠에 청반바지를 입은 나 자신이 갑자기 조금 부끄러웠다.

내가 사람들의 무릎을 헤치며 대기석에서 빠져나오자, 핌은 제이— 하고 끝을 길게 늘여 내 이름을 부르더니 나를 가볍게 껴안았다. 그녀에게서 좋은 냄새가 났다. 비 온 뒤 숲의 냄새처럼 촉촉하면서, 동시에 부담스럽지 않은 옅은 꽃향기. 예전엔 그냥 좋은 냄새구나 했는데 이제 와선 이 향수는 얼마짜리일까 하는 생각이 들었다.

네가 나를 마중 나오다니 기분이 이상하네, 하고 핌이 영어로 말했다.

마중 나온다는 표현은 영어로 저것이었군. 핌은 교환학생에다 영국 유학까지 갔다 왔으면서도 영화 쪽 일을 하고 있는 것 같지는 않았다. 무슨 일을 하냐고 물어보고 싶었지만 당장은 참았다. 어떤 향수를 뿌렸느냐고도 물어보고 싶었지만 참았다. 참았다기보다는 누군가에게 다짜고짜 유 스멜 굿, 하고 말해도 되는지, 그게 무례한 건지 아닌지 생각하다가 타이밍을 놓쳐버렸다.

문진영

핌은 바로 숙소로 가지 말고 공항 바로 옆에 있는 대형 쇼핑몰에서 쇼핑도 하고 밥도 먹자고 했다. 생긴 지 얼마 되지 않은 곳이라고 했다. 짐 때문에 불편하지 않겠냐고 말하려다가 그녀의 흰색 캐리어가 조그맣고 가뿐해 보여 관뒀다.

쇼핑몰은 규모가 엄청났다. 푸드코트는 마치 야시장 하나를 옮겨다 놓은 것 같았다. 나는 식당만 몇 군데 달리했을 뿐 줄곧 팟타이와 쏨땀만 먹고 있었다. 핌이 메뉴판을 보며 저거 먹어봤어? 저거 어때? 하고 물었다. 그러면서 메뉴에 뭐가 들었는지, 그게 무슨 맛인지 설명해주었다.

핌이 내가 좋아할 것 같다며 골라준 음식을 세 가지 정도 주문했다. 특히 닭고기 수프가 입에 맞았다. 그런데 홀짝홀짝 국물을 떠먹다가, 뭔가를 콱 씹고 말았다. 내 표정이 일그러지자 핌이 왜? 뭐가 이상해? 하고 물었다. 나는 옆에 있던 냅킨에다가 방금 씹은 형언할 수 없는 맛의 무언가를 뱉었다. 핌이 킥킥거렸다.

나는 수프 안에서 방금 내가 씹은 것과 똑같은 것을 하나 더 찾아내 핌에게 보여주었다.

그건 '카'야.

핌이 말했다.

카?

핌은 휴대폰으로 구글에서 '카'를 검색해 사진을 보여줬다. '갈랑갈'이라고도 불리는, 생강과 비슷하게 생긴 향신료라고 했다. 고수도 잘 먹는 나였지만, 그건 한번

씹었더니 향수를 들이켠 것처럼 괴로웠다. 핌은 수프를 뒤적거리며 거기 들어 있는 카 조각을 모두 골라내기 시작했다. 다정하구나. 부자라서 그런가. 또 좀스러운 생각을 했다.

핌의 캐리어는 한 손으로도 가볍게 들 수 있었다. 나중에 온 핌이 손님처럼 느껴져 내가 핌의 캐리어를 들고 방까지 올라갔다. 거기에 대해 핌은 고맙다느니 가타부타 말하지는 않았다. 핌은 방 안을 슥 둘러보고는 나쁘지 않네, 하고 말했다.

그러고는 캐리어에서 옷가지들을 꺼내 옷걸이에 가지런히 걸어두고, 파우치에서 화장품과 화장도구들을 전부 꺼내 테이블 위에 정갈하게 늘어놓았다. 나는 베개를 등에 대고 침대에 앉아 능숙하게 움직이는 핌을 구경했다.

이따 밤에 맥주 한잔하러 나갈래?

캐리어를 닫으며 핌이 물었다. 그래, 내가 대답하자 핌은 그러면 좀 씻어야겠다, 말하더니 입고 있던 원피스를 훌렁 벗었다. 나는 깜짝 놀랐지만 핌은 내 존재가 전혀 신경 쓰이지 않는 듯했다. 핌은 그대로 욕실 안으로 들어갔다. 샤워를 하고 나서는 배수가 잘 되지 않는다고 메신저로 숙소에다 컴플레인을 했다. 인포데스크에 QR코드가 붙어 있었는데, 핌 말로는 그게 메신저 링크라고 했다.

해가 진 후에 밖으로 나온 것은 처음이었다.

밤이 되자 이곳은 내가 지난 며칠간 봤던 것과는 완전히 다른 동네였다. 사람이 이렇게 많았다고? 다들 뱀파이어처럼 햇빛을 피해 숨어 있다가 밤이 되자 밖으로 몰려나온 것 같았다.

내가 좋아하는 그 카페가 밤에는 술집이었다. 마당 한가운데 커다란 나무로부터 카페 건물의 지붕까지, 알전구와 색색의 깃발로 장식된 줄이 늘어져 있었는데, 불이 켜지니 낮보다도 더 예뻤다. 거기 모인 모두가 그 시간을 진심으로 즐기는 것처럼 보였다. 나는 갑자기 알 수 없는 열정이 샘솟아 휴대폰 카메라를 켰다.

네가 화면에 나와도 돼?

내가 묻자 픰은 상관없다고 했다.

브이로그 찍는 거야?

응, 이번에 한번 해보려고……. 나는 말끝을 얼버무렸다. 내가 영상을 다 찍었다 싶으면 픰이 손을 내밀었다. 그러고는 자기가 어떻게 나왔는지 확인해봤다. 이게 더 잘 나왔다느니 각도를 이렇게 해보라느니 하며 깔깔거리고 있는데 갑자기 눈이 파란 남자 하나가 맥주잔을 들고 다가왔다.

아 유 유튜버?

픰을 향해 그렇게 묻자 픰이 나를 가리키며 말했다.

쉬 이즈.

나는 아니라고 말하고 싶었지만, 굳이 아니라고 할 이유도 없어 가만히 있었다. 남자는 나를 흘끗 보더니 다시 핌에게 물었다.

웨어 아 유 프롬?

그러자 핌이 까르르 웃었다. 그는 핌이 태국인이 아니라고 생각하는 모양이었고, 핌은 그 생각이 마음에 드는 것 같았다. 앉아도 될까, 남자가 묻고 핌은 아무 망설임 없이 오브 콜스, 하고 대답했다.

둘은 한참 동안 영어로 이야기했다. 나는 일부는 알아듣고 일부는 알아듣지 못했다. 남자는 영국 사람이었고, 핌이 영국에 유학 다녀왔다고 이야기하자 갑자기 천생연분이라도 만난 것처럼 흥분하기 시작했다. 핌이 잠깐 나를 보면서 뭔가를 말하기도 했는데 한국에도 갔었으며 내가 그때 사귄 친구라는 뭐 그런 얘기를 하는 것 같았다. 핌은 이따금 나를 살피며 몇 마디 건네기도 했지만 그 남자랑 얘기하는 게 훨씬 즐거워 보였다.

그러다 어느 순간 남자가 핌에게 '핌'이라는 애칭 말고 풀네임이 뭐냐고 물었다. 나는 핌이 그냥 핌인 줄로만 알고 있었기 때문에 깜짝 놀랐다.

핌차녹.

핌이 말했다.

핌차녹 차크라퐁파닛, 이라고 말한 것 같았지만 정확하진 않았다. 남자는 웃음을 터뜨렸고 핌도 따라 웃었다. 남자는 자신이 발음할 수조차 없는 이름을 듣는 게 즐거운 듯했다.

헤이, 남자가 갑자기 자신과 함께 온 다른 친구들을 큰 소리로 부르더니 이쪽으로 오라고 손짓했다. 다들 취해서 신이 나 있었고 얼굴이 시뻘겠다. 남자는 친구들에게 핌의 풀네임을 한번 따라서 발음해보라고 했다. 나는 왠지 모욕감을 느꼈다. 하지만 핌은 아무렇지 않은 것 같았다.

그때 갑자기 누군가 스피커의 볼륨을 높였고, 몇몇이 리듬을 타더니 다들 춤을 추기 시작했다. 다양한 국적의 사람들이 한데 섞여 웃고 떠들고 있었다. 나는 그만 숙소로 돌아가고 싶었으나 이 낯선 사람들 사이에 핌만 두고 가면 안 될 것 같아 그냥 앉아 있었다. 물론 핌도 내게는 낯선 사람이나 다름없긴 했지만……. 그러고 보니 지금 이 장소에서 낯선 존재는 나 하나뿐인 것 같기도 했다.

○

다음 날 아침, 열 시가 넘었는데도 핌은 잠에서 깨어날 생각이 없었다. 나는 다른 날처럼 나갈 채비를 마치고 잠시 발코니에 앉아 있었다. 미닫이문 유리 너머 이불 밖으로 튀어나온 핌의 까만 머리통을 잠시 바라보다가, 조용히 문을 열고 밖으로 나섰다.

몇몇 낯익은 고양이들이 어제와 같은 자리, 같은 그늘에 누워 자고 있었다. 어제 먹은 국수를 또 사 먹고 어제 갔던 카페로 가서 나무 그늘 밑에 앉아 휴대폰으로 퍼즐게임을 했다. 잠시 후에 핌에게서 메시지가 왔다. 지난밤 사귄 친구들과 이따 야시장에 가기로 했다며, 함께 가지 않겠느냐고 했다. 특별히 할 일도 없었지만 나는 오늘은 조용히 있고 싶어, 하고 답을 보냈다.

그래. 조용히 있기에 여기가 딱이지. 내가 그럴 거라고 했잖아.

그런 메시지가 돌아왔다. 핌이 오기를 기다렸던 것이 무색하게 핌이 방콕으로 돌아갔으면, 나도 한국으로 돌아갔으면, 싶은 기분이 들었다. 혼자 있는데도 혼자 있고 싶었다.

조금 더 시간을 보내다가 편의점에 들렀다. 핌은 지금쯤 출발했을까 생각하며 숙소를 향해 천천히 걸었다. 오늘은 까오가 보이지 않았다. 조금 쓸쓸한 기분으로 로비에 들어서는데 갑자기 계단 위에서 까오가 뛰어내려왔다. 계단참에서 나를 본 것일까, 팔을 벌리고 뛰어오는 모양새가 꼭 내게 달려와 안길 듯한 느낌이어서 나는 매우 당황했다. 그때 내 품에 뛰어든 까오가 악, 하고 소리를 질렀다. 액션캠에 이마를 찧은 거였다.

괜찮아?

당황하니 한국말이 튀어나왔다. 피부가 살짝 찢어졌는지 금세 피가 배어 나왔고, 까오가 울음을 터뜨렸다. 인포데스크 안쪽 방에 있던 직원이 뛰쳐나왔다. 리넨룸에 있던 까오 엄마도 달려왔다.

곧 까오 엄마가 까오를 데리고 안쪽 방으로 들어갔다.

구급차를 부를까요?

내 말에 직원이 웃더니 괜찮을 거라고, 걱정 말라고 했다. 더는 울음소리가 들리지 않아 나는 다소 안도했다. 직원은 나더러 그냥 올라가라고 했다.
 까오는 저분 딸인 거죠?
 내 말에 직원은 어리둥절한 얼굴이었다.
 까오? 쟤 이름은 '파난'인데요.
 이게 무슨 소리인가 싶었다. 분명 까오라고 했는데.
 그리고 엄마가 아니라 언니예요. 자매 셋이 여기서 지내고 있거든요. 미얀마 사람들이고요.
 묻지도 않았는데 직원이 덧붙였다.
 여긴 미얀마 사람들이 많이 일하러 와요.
 잠시 후 까오가 아닌 그 애의 엄마 아닌 언니가 밖으로 나와, 내게 괜찮으니 걱정하지 말라고 짤막한 영어로 말하고는, 이마에 뭔가를 붙이는 시늉을 했다. 반창고를 붙였구나. 여자는 내 등을 가볍게 밀며 올라가라는 손짓을 했다. 아임 쏘리, 내가 다시 한번 말하자 여자가 희미하게 미소 지었다.

 방으로 올라가니 핌이 막 욕실에서 나오고 있었다. 정말 같이 안 갈래? 핌이 재차 물었다. 나는 고개를 저었다. 핌이 머리카락을 드라이어로 말리고 화장을 하는 동안 나는 침대 머리에 등을 기대고 앉아 휴대폰을 보는 척하며 핌을 관찰했다. 군더더기 없는 동작으로 메이크업 단계를 차근차근 수행하는 모습이 거의 경이롭게 느껴졌다. 핌은 눈 밑에 애굣살을 그리고 있었다.
 여기 사는 꼬마 봤어?
 내가 물었다.

누구?

단발머리 여자애.

아, 응. 봤어.

이름이 까오라고 그랬는데 또 파난이래. 그게 무슨 말이야?

핌이 아주 잠깐 동작을 멈추고는 풋, 하고 웃었다.

'까오'는 태국어로 숫자 9야.

아, 나이를 말한 거였구나. 난 그게 이름인 줄 알았네, 나는 중얼거렸다.

근데 왜?

핌이 되물었다.

학교를 안 가고 하루 종일 여기 있거든. 아까 직원한테 방학이냐고 물어봤더니 그냥 가기 싫어서 안 갔대.

핌이 또 풋, 하고 웃더니 말했다.

거짓말일걸?

어떤 게?

들킬까 봐 안 보내는 거겠지.

나도 잘은 모르지만, 하고 핌이 아이브로펜슬로 슥슥 눈썹을 그리면서 말했다. 불법 이주 노동자들이 자식들을 학교를 안 보내는 경우가 많다고 했다. 그들을 고용한 업주가 나라에다 외국인 등록을 해야 하는데, 그게 돈도 많이 들고 번거롭기 때문이란다. 등록하지 않은 사실을 들키면 고용주가 벌금을 무는데 그걸 노동자들한테 떠넘기거나, 등록을 한다 해도 등록비 역시 임금에서 뗄 게 분명하니까 노동자들도 원치 않는다고 했다.

그래도 학교는 가야 하지 않나?

내 말에 뜬금없는 대답이 돌아왔다.

글쎄. 태국 사람들은 미얀마 사람들 안 좋아해.

왜?

원래 그랬어. 옛날부터.

너는? 너도 안 좋아해?

픔은 자신도 태국 사람이라는 걸 그제야 깨달은 듯 잠시 멈칫했다가 말했다.

나? 나는 신경 안 써.

픔이 손목과 목덜미, 머리카락에 향수를 칙칙 뿌렸다. 그리고 손목을 서로 부드럽게 문지른 후 양쪽 귀 뒤로 가져갔다. 일련의 동작이 물 흐르듯 자연스러웠고 어딘가 관능적인 데가 있었다. 향기가 순식간에 내 코끝까지 도달했다.

향기 좋다.

그치? 난 이것만 뿌려.

픔은 내 쪽으로 향수병을 내밀어 보여주었다. 체리처럼 붉은빛 유리로 된 병이었고 브랜드명은 불어인지 뭔지 읽을 수가 없었다.

넌 향수 안 쓰는 것 같더라?

픔이 말했다.

응. 난 한 번도 뿌려본 적 없어.

왜?

향수는 너무 비싸기도 하고. 별로 관심 없어서.

그러자 픔이 묘하게 웃었다. 그러고는 더는 말없이

조그만 핸드백에 이것저것 집어넣더니, 어느 순간 중얼거리듯 내뱉었다.

 축복받은 사람이네.
 ……그게 무슨 말이야?
 그 애는 어깨를 으쓱하더니 핸드백에 향수병을 쏙 집어넣었다.

 자정이 넘었는데도 핌은 돌아오지 않았다. 무슨 일이 생긴 건 아니겠지. 나는 잠이 오지 않아 뒤척였다. 잠시 후 나름대로 조용히 문을 열려고 애쓰며, 핌이 안으로 들어왔다. 발소리가 불규칙한 걸 봐서는 꽤 취한 것 같았다. 그 애는 화장도 지우지 않고 그대로 침대에 드러누웠다. 알코올과 섞인 향수 냄새가 끼쳐 왔다.
 핌, 괜찮아?
 응, 하는 대신 으…… 으으…… 하는 소리가 돌아왔다.
 ……뭐 하나 물어봐도 돼?
 나는 잠시 망설이다 물었다.
 내 돕바 왜 안 돌려줬어?
 핌이 혀 꼬부라진 소리로 말했다.
 돕바? 그게 뭐야?
 내가 예전에 너한테 빌려줬던. 두꺼운 검은색 점퍼 말이야.
 대답이 없길래 잠든 줄 알았더니 문득 핌이 말했다.
 ……나 그거 네 친구한테 줬어. 너한테 전해달라고 했는데.

문진영

이런, 그런 줄도 모르고 엉뚱한 사람을 미워하고 있었네. 나는 새로 앙심을 품을 사람을 정하기 위해 친구 누구에게 줬냐고 재차 물었다. 퓜이 한참 있다 대답했다.
 ……기억이 안 나.
 그럼 그렇지, 그건 돌려주지 않은 거나 마찬가지 아닌가. 그런 내 생각을 읽기라도 했는지 퓜이 중얼거렸다.
 ……너는 내 이름 기억나?
 넌 퓜이잖아.
 풀네임.
 퓜…… 퓜…… 기억나지 않았다. 아까 들은 여자애의 진짜 이름도 기억나지 않았다. 채 몇 시간도 되지 않았는데 잊어버리고 말았다. 그 순간 나는 나 자신이 좀 더 싫어졌다. 잠시 후 퓜의 고른 숨소리가 들려왔다.

 다음 날 아침에도 퓜은 깊이 잠들어 있었다. 나는 돌아가는 비행 날짜를 조금 앞당길 수 없을지 살펴보다가 그만두었다. 퓜은 오늘 저녁에도 친구들과 놀러 나갈 셈인가.
 무뚝뚝한 과일 트럭 아주머니가 오늘에서야 웨어 아유 프롬, 하고 물었다. 근데 우리는 왜 그런 것들이 궁금할까.
 과일 봉지를 흔들며 숙소로 돌아가는데 까오가 아닌, 내가 이름을 잊어버린 그 여자애가 자전거를 타고 가까이 다가왔다. 이마에 반창고가 붙어 있었다.
 아 유 오케이?

내가 이마를 가리키자 그 애는 또 웃더니, 자전거를 끼이익, 하고 멈춘 뒤 바닥으로 내려왔다. 그러고는 자전거를 끌며 걷기 시작했다. 나는 조금 천천히 걸어 속도를 맞췄다. 며칠째 고여 있는 웅덩이들에서 지독한 냄새가 났다. 우리는 웅덩이를 사이에 두고 멀어졌다 가까워졌다 하며 계속 걸었다. 이름이 뭐냐고 다시 물어보려던 나는 그냥 관두고 한국어로 말했다.

나 이제 곧 집에 갈 거야.

내 발음이 재밌다는 듯이 그 애가 장난스럽게 웃었다. 나는 계속 말했다.

언니한테 학교 보내달라고 그래. 영어 공부도 좀 하고.

내 말은 저 애한테 어떻게 들릴까. 시끄러울까 간지러울까 동글동글할까 그런 게 궁금했다. 그러고 보니까 오가 아닌 그 애는 내게 아무것도 묻지 않았다. 나에 대해서 아무것도 모르면서 내 품으로 뛰어들었다.

방에 들어서자 핌은 캐리어를 열고 짐을 꾸리고 있었다. 놀란 내 얼굴을 보고 핌은 내일 아침 일찍 새로 사귄 친구들과 함께 파타야로 내려갈 예정이라고 했다. 핌은 또다시 내게 같이 가겠느냐고 물었다. 내가 고개를 젓자 핌의 얼굴에 짧은 안도감이 스쳐 지나가는 것만 같았다. 숙소비 절반을 내고 딱 이틀만 묵는다고? 그렇게 물어보면 핌은 또 어깨를 으쓱하겠지. 축복받은 사람은 핌, 네가 아닐까.

핌이 짐을 꾸리는 동안 나는 캔맥주를 들고 발코니에

앉았다. 울창한 나무들이 푸른 담요처럼 지평선을 덮고 있었고, 그 뒤로 붉은 해가 절반쯤 넘어가고 있었다. 그래, 내가 이 장면을 내려다볼 수 있는 건 이 건물이 홀로 높기 때문. 저 풍경 안에 속하면서 동시에 저걸 내려다볼 수는 없다.

그 순간 나는 씹다 뱉은 갈랑갈 뿌리나 썩은 내 나는 웅덩이나 까오의 까오 아님을 담을 수 없다면, 브이로그 따위가 다 무슨 소용인가 싶었다. 그 애가 달려와 내 카메라에 부딪혔을 때, 순간적으로 그 애가 아닌 카메라의 안위를 염려했던 내 비겁함을 담을 수 없다면.

액션캠을 중고로 팔면 얼마나 받을 수 있을까.

해가 완전히 넘어가고 있었다.

작가노트

숨 참고 냄새 맡기

  지난겨울 한 달 조금 넘게 태국 치앙마이에 머물렀다. 내가 머물던 숙소에는 하우스키핑을 전담하는 미얀마인 세 자매가 있었고, 그중 막내에게 이상하게 마음이 끌렸다. 그 애가 나에게 끌렸던 걸까? 아무튼 나는 떠나기 직전까지 그 애 이름이 '까오'인 줄 알았다. 내게 액션캠 같은 건 없었지만 그 애가 품에 달려와 안겼을 때 어쩔 줄 몰랐던 것도, 겨우 알게 된 그 애의 진짜 이름을 잠깐 사이 잊어버리고 만 것도 전부 내 얘기다.

  여행의 인상을 종합해 한 편의 소설을 쓰는 것은 내가 최근 즐겨 하는 작업이지만, 이 이야기는 한참 동안 머릿속으로 굴리기만 했다.

그러다 이번 앤솔러지 청탁을 받았다. '향'을 테마로 어떤 소설을 쓸 수 있을까 고민하며 도움받을 만한 책들을 살펴보던 중, 이혜인 작가의 『나를 기른 냄새』라는 책을 읽게 되었다.

 가장 인상 깊었던 이야기는 이것이다. 저자가 해외에 머물 때 룸메이트를 사랑하게 되었는데, 그 순간부터 자신이 '맡는' 존재가 아니라 '맡아지는' 존재가 되어버렸다는 이야기. 나는 이 주제가 매우 흥미롭게 느껴졌고, 산문의 말미에서 저자가 인용한 논문을 찾아 읽어보았다.*

 논문의 내용을 요약하자면 다음과 같다. 코는 호흡을 담당하면서 동시에 냄새를 맡는 기관이다. 냄새 맡기를 멈추려면 숨도 멈추어야 한다. 누군가에 대한 앎은 '구별 짓기'와 동시에 일어난다. 누군가를 알고 싶다는 욕구는 그를 가까이 당길지, 멀리 밀어낼지 결정하고 싶다는 욕구이며, 특히 후각적 정보는 내가 묻기도 전에 이미 당도해 있는 대답이다.

---

* 「냄새와 혐오」, 하홍구, 2021. 태국 내 미얀마 이주 노동자들에 관해서는 다음 논문을 참고했다: 「부정적 타자로서 도구 되기: 태국 내 미얀마 출신 타자들을 중심으로」, 한유석, 2024.
「태국의 이주 노동자에 관한 연구—미얀마인을 중심으로」, 이병도, 2015.

문진영

누군가와, 어떤 거리도 생성하지 않은 채로 연결될 수는 없을까.

누군가를 기어이, 기꺼이 조금도 모르거나 혹은 나 자신이 그 누구도 아닌 채로 존재할 수는 없을까.

그런데 숨을 쉬며 냄새를 맡지 않는 일처럼 불가능해 보이는 이것이 문학에서는 가능한 것만 같다. 이 안에서 나는 없는 동시에 있을 수 있고, 다른 누군가이면서 동시에 나일 수 있다.

소설을 읽고 쓰면서 나는 점점 더 바라게 된다. 이 안에서 내가 충분히 사라질 수 있기를, 덜 인간이기를, 덜 나이기를.

동시에 더 존재하고, 더 인간답고, 더 나이기를.

그 불가능한 소망이 이 안에선 가능할 것만 같다는, 그런 기분으로 그냥 쓰고 있다.

ⓒ김서해

이서수

2014년 《동아일보》 신춘문예에 당선되어 작품 활동을 시작했다. 소설집 『젊은 근희의 행진』 『엄마를 절에 버리러』, 연작소설집 『몸과 고백들』, 장편소설 『헬프 미 시스터』 『마은의 가게』 『당신의 4분 33초』 등이 있다. 젊은작가상, 이효석문학상, 황산벌청년문학상을 수상했다.

빛과 빗금

붉은 벽돌로 지은 80년대 단층집들이 늘어선 골목을 걷다 현관이 걸린 초록색 대문을 발견했다. 혜지가 공동투자자인 친구들과 함께 설립한 공유하우스 미미소였다. 아름다울 미, 맛 미, 적을 소. 아름다운 집을 만들고, 맛있는 음식을 해 먹고, 되도록 적게 쓰며 살자는 뜻이라고. 혜지는 다 같이 모여 음식을 만들어 먹는 게 특히 중요하다고 말했다.
 "그러면서 서로 가까워지거든. 자기 자신하고도."
 미미소를 설립하기 전에 혜지는 매운 음식을 자주 배달시켜 먹었다. 그래야 회사 일을 견딜 수 있다고 말하던 그 시절 혜지의 얼굴은 늘 잿빛이었다. 혜지는 어떤 회사를 선택하는지에 따라 인생의 빛깔이 달라진다는 무서운 사실을 알고 있느냐고 내게 묻기도 했다. 나는 안색이 달라지는 건 안다고 답했다. 지금 네 얼굴은 회색 묘비 같아. 차마 그런 말은 하지 못했지만. 둘 다 신경질적인 상사와 고질적인 야근에 시달리던 때였다. 우리는 회사를 그만두기로 이따금씩 결의했지만, 술김에 내린 결정이 으레 그렇듯 다음 날엔 순순히 출근 열차를 탔다.

  길고 지루했던 그 시기를 지나 보낸 후에 혜지와 나는 마침내 백수가 되었다. 자발적 가난을 실천해보기로 용기 낸 건 아니었고, 다음 단계를 정하지 못해 잠시 멈춘 상태였다. 승진은 우리에게 다음 단계에 속하는 일이 아니었다. 상사의 복제품이 되어 후배 직원을 고통에 시달리게 만드느니 차라리 회사를 그만두는 게 나아 보였다. 이후의 구체적인 계획은 하나도 없었지만 말이다. 나는 모아놓은 돈을 헐어 쓰는 중이었던 탓에 약간 소심해졌으나, 혜지는 여전히 기세가 좋았다. 친구들과 힘을 합쳐 꿈을 이룬 참이라서 그런 듯했다.

  혜지는 미미소에 입실하기 전 명심할 게 한 가지 있다고 내게 말했다. "일회용품 사용을 무조건 줄여야 돼." 그러기 위해 배달 음식은 물론이고 인터넷 쇼핑도 전면 금지되어 있다고 알려주었다. 예외는 없었다. 비닐과 플라스틱 사용을 줄이고, 물과 에너지 소비를 아껴 지구를 위해 할 수 있는 노력을 최대한 기울여보자는 취지라고. 나는 현실적으로 그게 가능할까 싶었다. 승주와 동거할 땐 일주일에 두어 번 배달 음식을 시켜 먹었고, 이틀에 한 번꼴로 택배 물건을 받았으며, 일회용 비닐과 수돗물을 거침없이 사용했다. 일이 많아 피곤할수록, 우리의 관계가 나빠질수록 그런 경향은 더욱 짙어졌다.

초인종을 누르기도 전에 대문이 먼저 열렸다. 환하게 웃는 얼굴로 나를 맞아준 혜지는 머리를 짧게 자르고 오른쪽 눈썹 아래에 두 개의 피어싱을 한 상태였다. 세 달 만의 만남이었고, 그새 더욱 강해진 기세가 느껴졌다. 어쩌면 작년 12월을 기점으로 뒤집힌 세상이 정상 궤도를 찾으려 분투하는 모습을 보며 나름대로 혁명적인 외모 변화를 꿈꾼 것인지도 몰랐다. 그러나 그렇게 말하면 승주와도 그랬듯 뜻밖의 오해를 살까 봐 나는 벌어지려는 입을 슬며시 다물었다.

혜지가 내 캐리어를 받아들고 앞장서 걸어갔다. 작은 마당을 지나며 숯불구이 장비와 빛바랜 토분들, 삽과 부식토와 접이식 캠핑 의자 등을 보았다. 목가적인 삶을 살고 있다는 징표처럼 보여 마음이 살짝 놓였다. 그런데 캐리어 손잡이를 꼭 쥔 채로 앞서 걷던 혜지가 갑자기 나를 돌아보았다.

"민정아, 문제가 좀 생겼어."

자세히 보니 낯빛이 어두웠다. 그제야 나는 혜지의 낯빛과 현재 혜지가 겪어내고 있는 인생의 빛깔이 하나일 수밖에 없다는 걸 떠올리고는 무슨 일인지 물었다. 혜지는 쓴 것을 억지로 삼킨 사람의 표정으로 입을 열었다. "미미소가 분열됐어."

그게 무슨 소리냐고 묻기도 전에 나는 뒤돌아 그곳을 떠나고 싶은 충동이 일었다. 이제 막 승주에게서 벗어났는데 또다시 다툼에 휘말리고 싶지 않았다. 그러나 그 찰나의 시간에도 내게는 갈 곳이 없음을 깨달았고, 결국 어떻게 된 일인지 자세히 말해보라는 표정을 지을 수밖에 없었다.

○

"너처럼 이기적인 사람은 없을 거야. 누가 알까 봐 창피하다."

승주는 그런 말로 내게 자주 상처를 입혔다. 깃발을 들고 여의도로 향하는 그를 따라나서지 않았다는 이유로. 그러나 그건 승주의 생각이 담긴 승주의 깃발이었다. 나의 깃발은 아니었다. 나는 아직 깃발을 만들지 못했다. 물론 그게 전부는 아니다. 승주 말에 의하면 나는 국가의 미래에 무관심한 인간이거나 (그는 이쪽이 더 가능성 높다고 생각했는데) 겉으로 드러내지 않는 샤이보수였다.

승주가 아무 말이나 해도 내버려둔 것이 화근이 되었는지도 모른다. 나는 내 정치적 의견을 표현한 적이 없었다. 대구 출신의 보수적인 남자와 광주 출신의 진보적인 여자가 만나 지역색과 정치색을 극복하고 결혼에 골인한 뒤, 대통령 선거를 치렀던 해마다 서로 심하게 이죽거리고 비하하며 이혼 서류를 들먹이는 꼴을 30년 넘게 보아온 사람으로서의 보호색이라고 봐주면 안 되겠느냐는 농담을 던졌으나, 승주는 내 정신 상태가 의심스럽다며 매일같이 나를 괴롭혔다. 원래부터 그는 일주일에 세 번 정도 술을 마셨으나 12월의 그날 이후론 다섯 번으로 늘었는데 그게 다 나 때문이라고 우겼다. 나는 말다툼이 벌어질 것 같을 때마다 반박하는 대신 드라마를 시청하는 척했다. 손꼽아 기다렸던 시즌2는 전개를 질질 끄는 플롯이었고, 우리의 갈등도 점점 그와 비슷한 양상을 보였다. 그러다 종국엔 내가 집을 나옴으로써 우리의 동거 생활은 막을 내렸다.

승주와의 갈등에서 벗어나자마자 또 다른 갈등에 붙들린 기분이었다. 혜지가 내 손목을 잡은 악력이 놀랄 정도로 강해 더욱 그런 생각이 들었다. 캐리어를 번쩍 들고 높은 문턱을 넘어 누구 방인지도 모르는 곳으로 들어서자마자 혜지는 나를 침대에 앉히더니 맞은편 책상에 기대어 서며 물었다. "민정아, 넌 아침형 인간이야?" 왜 그러느냐고 묻자, 아침부터 적의 동태를 살펴야 하는데 자기는 아침형 인간이 아니라 그렇다는 대답이 돌아왔다. "우희를 쏠 저격수가 필요하거든. 술미는 더 지켜볼 거고."

혜지가 어리석다는 뜻의 별명을 지어주었다는 은희 씨에 대한 설명이 뒤따랐다. 두 달 전 혜지가 대문을 박차고 나가 여의도로 달려갔을 때, 은희 씨는 작은 태극기를 가방에 단단히 꽂고 광화문으로 걸어갔다. 두 사람은 그때부터 원수가 되었으나 혜지는 내게 그 사실을 전혀 알리지 않았다.

한집에서, 그것도 공유하우스에서 그런 일이 일어났

다는 게 처음엔 믿기지 않았다. 공유하우스는 뜻이 맞는 사람들끼리 사는 곳이라는 선입견이 있었다. 그러나 곰곰이 생각해보니 나 역시 승주와 한집에서 살다 분열되었고, 승주는 샤이보수를 사랑해 함께 살았다는 사실이 너무나 부끄러워 죽고 싶은 심정인 듯했다. 그걸 알면서도 끝까지 진심을 말하지 않은 나를 승주는 갑갑한 사람으로 느꼈을 것이다.

"혜지야, 나는 전쟁하려고 여기 온 게 아니야."

나는 일단 선을 그어보았다.

"너 좀 쎄하다. 대답해봐. 어느 편이야? 찬성이야, 반대야, 그것만 말해."

무엇에 찬성하고 반대하는 것인지 그 사안에 대해선 당연히 알 거라는 태도였고, 실제로 나도 그게 뭔지 잘 알긴 했지만 무슨 소리냐고 되묻고 싶은 충동이 일었다. 이러다간 승주와 그랬듯 혜지와도 멀어지게 될지 몰랐다. 나는 서둘러 화제를 바꿨다. 이 방은 누구 방이냐고 물었다.

"참, 여기 니 방이야." 혜지는 그제야 방 안을 둘러보며 이것저것 일러주었다. 겨울철 빼곤 창문은 웬만하면 열지 마. 방충망이 낡아서 참새만 한 바퀴가 들어오거든. 장판은 가끔 걷어서 환기 좀 해. 습기가 차면 곰팡이도 생기고 눅눅해지니까. 그리고 한밤중에 창문 앞에서 큰 소리로 통화하는 노답 아줌마가 있는데, 침대에 누워 작게 욕해도 귀신같이 알아듣고 욕설이 날아오니까 정중하게 다른 데로 가달라고 말하는 게 나아. 그리고 이 방은 난방이 시원찮아서…… 벽간 소음이 심하니 음악은 너무 크게 틀지 말고…… 혜지는 쉴 새 없이 내 방의 단점을 늘어놓았다. 나는 도중에 혜지의 말을 끊으며 도대체 장점이 뭐냐고 물었다. 내 머릿속엔 바퀴와 노답 아줌마만 남아 있었다.

"장점은 나지. 내가 맞은편 방에 있다는 거."

그게 왜 장점이야. 반박하고 싶은 걸 꾹 참았다. 장점이 많을 거라 기대하고 미미소에 들어온 건 아니었으니까. 나는 여기서도 샤이보수라는 오해는 사고 싶지 않았기에 일단은 혜지의 부탁을 들어주기로 했다. 저격은 하기 싫지만 네 편에 서서 최대한 설득해보겠다고. 그러자 혜지의 안색이 눈에 띄게 밝아졌다.

"그동안 내 편이 한 명도 없어서 얼마나 힘들었는지 알아? 여긴 정상이 없어."

"근데 솔미 씨도 저쪽이야?"

"야, 걔는 박쥐야."

혜지는 솔미 씨를 흉보려다 현관문이 열리는 기척이 들리자 적수가 왔다며 거실로 얼른 걸어나갔다. 나는 혜지를 황급히 뒤따라가려다 캐리어에 발이 걸려 넘어졌다. 높은 문턱에 이마를 세게 찧고서 일어나자 놀란 눈으로 나를 내려다보는 세 사람이 보였다.

은희 씨는 구급함을 열면서 자기소개를 했다. "이마에서 피가 나네요. 저는 이은희입니다. 실례 좀 할게요." 반창고와 소독약을 꺼내들며 내게로 다가온 은희 씨는 예상했던 것보다 친절한 사람이었다. 나도 같은 순서로 답했다. "이마에서 피가 나나요. 저는 정민정입니다. 초면에 소란을 피워 죄송합니다." 소독약을 발라주는 은희 씨의 손길은 조심스러웠고, 다친 이마를 얌전히 드러내고 있던 내 얼굴은 점점 붉어졌다. 긁힌 부위에 소독약 팁이 닿을 때마다 홧홧하게 달아올랐다. 혜지는 문턱의 날선 부분을 들여다보며 중얼거렸다. "왜 하필이면 여기에……." 한마디로 재수가 없다는 말이었다. 은희 씨가 내 이마에 반창고를 붙여주고 물러설 때까지 혜지는 팔짱을 낀 채로 가만히 서 있기만 했다.

솔미 씨가 내게 저녁 식사를 했는지 살갑게 물었다. 나는 먹지 않았다고 답하려다 멈칫거렸다. 저들이 식사를 같이할까? 혜지의 태도를 보면 갑자기 밥상을 뒤엎더라도 이상하지 않을 것 같았다. 안 그래도 체기에 자주 시달리는 나로서는 급체할 것이 분명해 대답을 망설이고 있자 혜지가 입맛이 없다며 방으로 먼저 들어가버렸다. 은희 씨는 익숙한 일이라는 듯 주방으로 걸어가 냄비를 꺼내더니 물을 받았다. 솔미 씨가 내게 다가와 조용히 물었다. "우리 상황은 알고 있죠?" 나는 들었다는 의미로 고개를 끄덕였다. 넘어질 때 바닥을 잘못 짚었는지 손목이 시큰거렸다. 첫날부터 이마와 손목을 다친 걸 보면 이곳에서의 미래가 밝지 않을 것 같았다. 지금이라도 집으로 돌아가야 하는지 고민되었다. 승주와는 숨 막히는 신경전을 벌이는 상황까진 아니었다. 일방적으로 내가 피하고, 그걸 못마땅해하는 승주가 나를 준열하게 꾸짖는 정도였다. 그땐 꼭 선생님 같았다. 승주의 아버지가 실제로 고등학생 시절 나의 담임이기도 했는데, 12월의 그날 이후론 학생주임이었던 아버지보다 더욱 엄격하게 나를 대했다.

어색한 표정으로 서 있는 나를 은희 씨가 손짓으로 부르더니 앞치마에 손을 닦으며 작은 목소리로 길게 사과했다. 상황이 복잡해 환영해주지 못해서 미안하다는 게 요지였고, 냉장고에 시원한 맥주가 있으니 방으로 가져가 편하게 마시라는 당부를 덧붙였다. 나는 은희 씨처럼 사려 깊은 사람을 근래 들어선 도통 보지 못했다는 생각에 고맙다고 말하며 기꺼이 냉장고로 걸어갔다. 그러자 은희 씨가 등 뒤로 가까이 다가오더니 속삭였다. "혜지는 지금 빨갱이들한테 속아서 제정신이 아니니까 민정 씨가 이해하세요."

"네? 뭐라고요?" 나는 하마터면 들고 있던 맥주를 떨어뜨릴 뻔했다. 은희 씨가 미간을 찡그리며 말했다. "작게 말해도 들리니까 목소리를 약간만 낮춰주시고요." 나는 살면서 목소리가 크다는 말은 처음 들었기에 좀 당황했지만 일단 사과부터 하고 나서 은희 씨의 얼굴을 찬찬히 살폈다. 잘못 들은 게 아닌지 확인하고 싶었다. 빨갱이 운운하는 말을 또래에게서 직접 들은 건 처음이었다. 은희 씨, 멀쩡하게 생겨가지고 왜 그러세요. 나는 날카로운 속말과 차가운 맥주를 품에 안고 방으로 도망치듯 들어갔다.

격앙된 말소리에 깨어난 것은 새벽 두 시 무렵이었다. 미드 〈프렌즈〉를 연달아 보며 맥주 세 병을 다 마신 뒤에야 겨우 잠들었으나 잠기운이 순식간에 달아났다. 침대에 가만히 누워 창을 뚫고 침입한 소리에 귀를 기울였다. 혜지가 미리 알려주었던 대로 아주머니의 목소리는 바로 옆에서 들려오는 것처럼 대단히 컸다.

"그 미친놈이 그랬다니까! 나보고 멀쩡하게 생겨가지고는 도대체 왜 그러냐고."

공교롭게도 내가 은희 씨에게 하지 못했던 말과 같았다. 멀쩡하게 생겨가지고 왜 그러세요. 나는 이불을 걷고 일어나 창문에 귀를 바짝 대고 본격적으로 엿들었다. 아주머니는 누군가와 통화 중인 듯했다. 콧방귀 뀌는 소리가 크게 들렸다.

"나라가 이 꼴인데 태평하게 장기나 두고 있더니, 나를 따라와서 그러더라니까. 좆같은 깃발 치우라고."

아무래도 아주머니는 집회에 다녀온 것 같았다. 승주와 함께 살았던 집은 집회가 열리는 구역과는 거리가 멀어서 그랬는지 시위대의 깃발을 본 일이 없었다. 그러나 미미소에선 인사동이나 광화문까지 산책 삼아 걸어갈 수도 있으니 아마도 집회에 참가했던 사람과 그의 깃발을 목격하게 되는 일이 많을 것 같았다. 그런데 아주머니는 왜 새벽 두 시에 골목에 틀어박혀 통화를 하고 계신 걸까. 집이 어디시길래. 아주머니는 나라 걱정을 하면서 야당의 정치인을 신랄하게 욕했다. 욕설이 어찌나 찰진지 마치 내가 뺨을 한 대씩 맞는 것만 같았다. 별안간 지척에서 창문이 열리는 소리가 나더니 누군가 시끄럽다고 소리를 내질렀다. "하루이틀도 아니고 여기서 왜 이러세요!" 그러자 아주머니가 지지 않고 대거리를 했다. "나라가 이 꼴인데 잠이 와요, 잠이?" 아주머니의 목소리는 분노로 떨리고 있었다.

나는 다시 침대에 누우며 멀어지는 발소리와 구시렁거리는 말소리를 들었다. 도대체 얼마나 오랫동안 집회에 참가했으면 이 시각에도 거리를 헤매고 다닐까. 아주머니는 은희 씨와 정치색이 같았고, 집회의 선두에 서서 연설해도 될 정도로 강인한 투쟁 의식을 지닌 듯 보였으나 그런 사상과는 약간 맞지 않는 행동을 하고 있었다. 야심한 시각에 적요한 주택가 골목으로 숨어든 이유가 뭘까. 잠시 쉴 시간이 필요했나. 이웃의 반응으로 보아 한두 번 그랬던 게 아닌 것 같은데, 밤마다 누구와 통화를 하는 걸까.

아주머니의 속내를 짐작해보다 집에 혼자 있을 승주가 떠올랐다. 외로울까, 속이 시원할까. 둘 다 내가 원하는 반응은 아니었다.

○

은희 씨가 세수를 마치고 방으로 들어가려던 나를 불러 세웠다. 혜지의 부탁이 떠올라 그 청을 거절하지 않고 식탁으로 걸어가 앉았다. 은희 씨와 솔미 씨는 아침 식사를 하며 오후 일정에 대해 말하는 중이었다. 은희 씨가 집회에 참가할 예정이라고 하자, 솔미 씨는 핫팩을 챙겼는지 물으며 머그잔에 와인을 콸콸 따랐다. 그러고는 태연하게 아침부터 술을 마셨다. 그래서 술미라고 했구나. 나는 식빵을 베어 물며 굳게 닫혀 있는 방문을 힐끔거렸다. 혜지야, 은희 씨가 오늘 집회에 나간다는데 너는 잠만 잘 거야? 마음속으로 물었음에도 귀가 간지러웠는지 방문이 벌컥 열렸다.

"웬일이야, 이 시간에 일어나고." 솔미 씨가 식빵을 토스트기에 넣으며 말했다. 혜지는 화장실에 얼른 다녀와 내 옆에 앉았다. 급하게 양치를 했는지 입가에 거품이 묻어 있었다. "쟤는 오늘 집회 나갈 거래?" 눈앞에 은희 씨가 있음에도 혜지는 나를 돌아보며 물었다. 나는 아무런 대답도 하지 못했다. 대놓고 스파이 짓을 할 정도로 낯짝이 두껍지 않았고, 은희 씨가 어떤 입장인지 안다고 해서 적수로 삼고 싶지도 않았다. 바로 그런 태도 때문에 승주가 나를 꾸짖었다는 걸 잘 알면서도. 대답 없는 나를 대신해 솔미 씨가 말했다. "은희는 오늘 장보고 나서 집회에 갈 거래." 혜지가 그럼 자기도 그러겠다고 곧바로 대꾸했다. 그러자 솔미 씨가 핫팩 꼭 챙기고, 보온병도 가져가라고 당부했다. 나는 나도 모르게 솔미 씨를 흘겨보았다. 그러니까 박쥐라는 소릴 듣는 겁니다. 솔미 씨는 한술 더 떠 은희 씨에게도 보온병 꼭 챙겨 가라고 덧붙여 말했다. 그러자 혜지가 접시에 토스트를 내던졌다. "야, 너는 아직도 노선 못 정했어? 민정이도 있는데 안 창피하냐?"

이서수

"친구들 챙겨주는 게 왜 창피해?"

솔미 씨의 말에 도리어 내가 다 창피했다. 승주에게 내가 저렇게 보였을까 봐서. 아니지. 차라리 대놓고 모두를 걱정하는 저런 계열이었다면 승주가 나를 그렇게까지 비난하지는 않았을지도 모른다.

이후론 내내 식탁 위에 냉기가 휘몰아쳤다. 그러나 주말 설거지 당번인 혜지가 그릇을 거칠게 닦다 접시를 깨뜨리자, 구급함을 들고 재빠르게 달려간 사람은 이번에도 은희 씨였다. 부주의하게 움직이다 사금파리를 밟은 혜지의 발을 붙잡고 차분한 손길로 필요한 조치를 취했다. 발냄새가 맡아질 것 같다는 생각이 들 정도로 얼굴을 가까이 들이댄 채였다. 뜻밖에도 혜지는 거부하지 않고 바닥만 쳐다보았다. 고맙다는 말은 끝내 하지 않았다.

정오가 되기 전에 장을 보러 다 같이 집을 나섰다. 지하철을 타고 네 정거장을 이동해 노인들로 붐비는 역에서 내려 경동시장으로 걸어갔다. 우리는 모두 등에 커다란 백팩을 메고 있었다. 가방 안엔 에코백과 밀폐용기가 여러 개 들어 있었다. 혜지가 미리 준비해 온 용기를 내밀자 가게 주인이 거기에 두부를 담아주었다. 계산은 은희 씨가 맡아서 했다. 양파, 고구마, 당근, 못난이 사과, 피땅콩, 참기름 한 병과 두부 네 모. 우리의 가방은 점점 무거워졌다. 맛집 앞에 줄 선 사람들을 구경하다 유명하다는 도넛도 두 봉지 샀다. 그러고 나서야 우리는 막걸리를 마시자는 솔미 씨의 요청을 들어주었다. 인파를 헤치며 장을 보러 다니느라 목이 마르고 몸도 지친 상태였다. 인터넷 쇼핑몰을 이용하지 못하니 어깨와 다리가 고생이었다.

투명한 천막으로 둘러쳐진 포차 안으로 들어서자 길 건너에 우뚝 선 고층 아파트의 자태가 한눈에 들어왔다. 재래시장과 어울리지 않는 첨단의 풍경이었다. "저런 데는 얼마나 할까?" 그냥 한번 해본 소리였는데 은희 씨가 즉시 부동산 앱을 켜고 검색하더니 나로서는 영원히 가져보지 못할 금액을 알려주었다. "근데 저기 지금 매물이 없네요." 은희 씨는 그 말을 진지하게 덧붙였다. 혜지가 메뉴판을 가져와 눈으로 훑더니 솔미 씨와 내가 먹을 돼지불고기, 고기를 싫어하는 적수와 자신이 먹을 장어구이를 주문했다.

음식이 나오길 기다리며 소란스러운 주변을 둘러보았다. 젊은 사람은 우리와 뒤쪽 테이블 손님뿐이었다. 거긴 남자 셋에서 소주를 마시고 있었다. 주인 할머니가 양은 쟁반에 기본 안주와 막걸리를 담아 들고 왔다. 쌈장과 마늘, 고추. 솔미 씨가 잔에 술을 따라 돌렸고, 혜지는 은희 씨의 잔과 맞부딪히길 피하며 건배했다. 은희 씨 역시 혜지의 잔은 못 본 척했다. 맨입으로 술을 홀짝이는 나를 보더니 혜지가 가방에서 꽈배기를 꺼내주었다. 막걸리 안주로 잘 어울린다면서. 반신반의하며 같이 먹어보니 신기하게도 커피와 디저트처럼 잘 어울렸다. 혜지가 말했다. "탑골공원 근처에 꽈배기 가게가 있어. 한 개에 천 원인데, 가게 안에서 술을 마실 수 있거든. 안주가 꽈배기뿐인데도 자리가 없어서 합석해야 돼. 나 같은 젊은 애들도 내치지 않고 자리를 마련해주신다. 너그러운 곳이지."

그 말을 듣자 문득 혜지에 대해 잘 모르고 있었다는 생각이 밀려왔다. 천 원짜리 꽈배기를 안주 삼아 술을 마시던 혜지는 무슨 고민이 있었고, 앞으로 어떻게 살아가고 싶었던 걸까. 지금도 여전히 그 가게에 다닐까. 괜히 애먼 노인의 자리를 빼앗으면서. 맥도날드에 가서 커피 한 잔이나 해피 스낵을 시켜놓고 앉아 있어도 되는데 폼을 잡느라, 인생의 진짜 얼굴을 아는 젊은이인 척하느라 그랬겠지. 연민은 쉽게 냉소로 바뀌었다.

막걸리 한 병을 다 비우고 한참이 지나서야 돼지불고기가 나왔다. 뒤쪽 테이블에 앉았던 남자들이 추가로 주문한 안주를 기다리다 우리 테이블에 접시가 놓인 걸 보고는 실망한 표정으로 자리에서 일어났다. 할머니가 그들에게 얼마치나 먹었느냐고 물었다. 그러자 남자들이 머뭇거리며 약간 수상한 금액을 말했고, 할머니는 고개를 갸웃하며 계산대로 걸어갔다. 바빠서인지 정신이 없어 보였다. 모든 자리가 차 있었고 여기저기서 할머니를 부르는 소리가 들려왔다. 갑자기 은희 씨가 손을 번쩍 들더니 큰 소리로 말했다. "사장님, 여기 밑에 막걸리 병이 있어요." 혜지도 연이어 말했다. "세 개나 굴러다니는데 이것 좀 치워주세요." 빈 병이 발에 채어 걸리적거린다는 듯이 말했지만 실은 다른 의도라는 걸 우리는 알아챘다. 할머니가 다급히 걸어와 천막 비닐 아래 숨겨져 있던 빈 막걸리 통 세 개를 탁자 위로 던지듯 올려두었다. 그러곤 계산대로 돌아가 다부진 표정으로 제대로 된 금액을 받아냈다. 남자들은 난처해하는 표정으로 자리를 떠났다. 손발이 척척 맞았던 은희 씨와 혜지는 다시 적대적인 자세로 돌아가 서로에게 눈길조차 주지 않았다.

 늦게 나온 장어까지 다 먹고 나서야 소주를 두 병이나 비웠다는 걸 깨달았다. 시간이 훌쩍 지나가 있었다. 나는 그제야 혜지와 은희 씨가 서로 집회에 못 가게 하려고 수를 쓴 게 아닐까 생각했다. 그러지 않고서야 마주 앉아 밥을 먹는 것도 싫어하던 두 사람이 한자리에서 세 시간 가까이 술을 마신 게 이해되지 않았다. 은희 씨는 관자놀이를 계속 꾹꾹 눌렀고, 혜지는 솔미 씨에게 시비를 걸었다. "정해, 정하라고!" "박쥐는 가만 보면 귀엽게 생겼어." "박쥐가 자기를 뭐에 비유하는지 알면 어처구니가 없을 거야." 세 사람의 말이 헐겁게 이어지다 갑자기 혜지가 맥락에 어긋나는 말을 꺼냈다. "나는 극우 아들 낳을까 봐 무서워서 애를 못 낳겠어." 은희 씨가 곧바로 받아쳤다. "나도 빨갱이 딸 낳을까 봐 무서운 건 마찬가지야." "난 애 낳을 거야. 세금 도둑 되긴 싫어." 솔미 씨가 딜레마를 정리해버리듯 말했다. 나도 뭔가 한마디 해야 할 것 같아 막상 아이를 낳으면 건강하기만을 바랄 거라고, 비혼이든 아니든 아이 있는 삶을 추구하는 건 멋지다는 식으로 말했으나 솔직하지 못한 말이라 얼굴이 붉어졌다. 혜지는 내 말은 들은 척도 하지 않고 은희 씨만 노려보았다. "나는 빨강이 아니라 마젠타 핑크라고 몇 번을 말해. 자세히 보면 다르다는 걸 왜 아직도 모르냐." 은희 씨가 피식 웃더니 빨갱이의 어원은 빨강보다는 파르티잔이라는 말이 더 맞지, 하고 퉁을 놓았고, 솔미 씨는 게슴츠레한 눈빛으로 엉뚱한 걸 내게 물어왔다. "민정 씨, 이제 우리는 어디로 가야 하죠?"

저도 모르겠어요. 나는 혜지의 가방에서 팥도넛을 꺼내 우물거렸다. 어디에 있든 우리가 또다시 갈라지게 되리라는 예감이 자꾸만 들어 좋은 말은 해줄 수가 없었다. 그럼에도 나를 바라보는 세 쌍의 눈을 의식했던지 내 입이 저절로 움직였다. "〈프렌즈〉엔 뉴욕의 집값을 감당하지 못해 함께 모여 사는 친구들이 나오잖아요. 서로 정말 안 맞을 것 같은 기질인데도 모여서 잘만 살거든요. 싸우고 오해하고 화해하길 반복하면서. 그러니까 우리도……." 혜지가 내 말을 도중에 잘랐다. "드라마니까 그렇지."

다 같이 긴 한숨을 내쉬었다. 우리의 삶도 드라마 같을 수는 없겠느냐고 물으려다 나도 믿지 않는 말이라 남은 술과 함께 꿀꺽 삼켰다.

○

승주가 내게 연락한 건 경황없는 상태에서 내린 잘못

된 판단이 분명했다. 내가 짐을 싸들고 집을 나왔을 때 승주는 머리를 감싸 쥐며 두 번 다시 나를 보지 않겠다고 고함쳤었다.

평소보다 진동음이 크고 불길하게 느껴져 전화를 받고 싶지 않았는데 차라리 그랬다면 좋았을 것이다. 흐지부지 화해하고 싶은 마음은 없었다. 한편으론 가족과 다툴 때마다 나를 찾았던 승주가 여전히 같은 행동을 반복하는 걸 보며 관계가 완전히 끝나지 않았다는 것에 안도하기도 했다. 시간이 더 흐르면 없던 일이 될 가능성도 있었다. 민정아, 그때 네가 어느 편이었더라? 어쩌면 그렇게 물어야 할 정도로 기억이 흐릿해져 우리가 별거했었다는 사실도 잊게 될지 몰랐다. 그러나 응급실 베드에 비스듬히 누운 채로 씩씩거리고 있는 승주를 보자 그런 상상이 무참히 깨졌다. 응급실까지 간 걸로 봐서는 심상치 않은 분위기일 거라 짐작은 했으나, 승주가 무슨 이유로 그의 아버지와 다투었는지 몰랐던 나는 차츰 후회가 일었다.

승주는 이마에 거즈를 붙이고 있었다. 일주일 전의 나처럼 이마를 다친 것 같았다. 비슷한 시기에 이마를 다친 두 사람이 만나 운명의 장난을 운운하기도 전에 승주는 아버지 얘기부터 꺼냈다. "아버지가 미쳤나 봐." 나는 무슨 일이냐고 침대 끄트머리에 서서 물었다. 가까이 가고 싶지 않았다. 분노로 활활 타오르는 승주의 눈빛과 시뻘게진 안색을 보자 무엇 때문에 싸웠을지 점차 예상할 수 있었고, 전후 사정을 듣지 않아도 될 것 같았다.

"너랑 같은 편이더라."

내가 왜 너희 아버지랑 같은 편이야. 반박하고 싶은 걸 꾹 참았다. 승주의 아버지는 보수적 입장을 유지한 지 꽤 오래되었는데 설마 승주만 몰랐던 걸까. 나는 결국 선생님의 정치색을 조곤조곤 설명하며 옆으로 다가섰다. 승주야, 너희 집에 처음 인사하러 갔던 자리에서 내가 놀랐던 일 기억 안 나? 학창 시절에 담임으로 만났을 땐 정치 얘긴 일절 하지 않으셨는데, 예비 며느리를 만나는 자리라고 생각해서 그러셨던 걸까. 나를 은근히 떠보는 질문을 수차례 던지셔서 웃으며 넘기느라 얼마나 힘들었는데. 이후에도 선생님은 합리적 보수가 이 나라에 얼마나 필요한 상황인지 역설하셨고, 과거 어느 대선에선 사표임을 알면서도 참으로 이성적인 보수라 생각한 후보를 찍었다고 하셨고, 마지막 대선에서도 소신대로 하셨다는 말씀 못 들었어? 그래서 네가 집을 나와 나랑 같이 살게 된 거 아니었니. 내 말에 승주는 폭발하듯 내뻗던 화가 조금 수그러드는 듯했으나, 심각한 일이 벌어졌는데도 본인의 의견을 철회하지 않을 줄은 몰랐다면서 자기 이마가 왜 찢어졌는지 맞혀보라고 했다. 나는 상상하고 싶지 않아 잠자코 있었다. 그러자 승주는 무대 소품으로 가져간 책에 맞았다면서 어떤 책인지 다시 맞혀보라고 요구했다. 설마 그 책일까, 짐작하면서도 끝내 입은 열지 않았다. 그러자 승주가 참지 못하고 알려주었다. "『더 레프트』."

승주가 그걸 가져온 날을 기억하고 있었다. 지금까지 내가 봤던 책 중에서 전공 서적인 법전을 포함해 가장 두껍고 무거운 책이었다. 19세기 중반부터 20세기까지 유럽 좌파의 역사를 정리한 책이라면서 승주는 그걸 1년 동안 천천히 나누어 읽을 계획이라고 말했다. 승주가 씻으러 들어간 사이 식탁 위에 올려둔 책에 눈길이 갔다. 위인의 관처럼 묵직한 기운을 내뿜고 있었다. 앞장을 들춰봤더니 헌사에 두 사람의 이름이 쓰여 있었다. 아마도 저자의 딸들인 것 같았다. 그들이 더 나은 세상에서 살아갔으면 좋겠다는 바람으로 이렇게 두꺼운 책을 쓸 수 있었던 걸까. 나는 멋대로 저자의 의도를 추측했다. 그러는 동안 자연스레 내 아버지가 떠올랐다.

승주의 아버지는 내 아버지에 비하면 정치에 큰 관심이 없다고 봐야 할 정도였다. 아버지는 정치적 의견을 드러내는 일에 매우 극성스러웠고, 그에 맞서 처음엔 소극적이었던 어머니의 저항도 점차 거세어졌다. 나는 태극기를 가방에 꽂고 지나가는 노인 무리를 볼 때면 아버지가 있을지도 모른다는 생각에 그들의 얼굴을 자꾸만 훔쳐보았다. 하지만 마주친 적은 한 번도 없었는데, 그들은 아버지와 엇비슷한 이목구비를 갖고 있었지만 아버지는 아니었다. 서울까지 올라와 투쟁을 하기엔 기동력이 떨어지는 아버지로선 무리였을 것이다. 계절마다 한 번씩 안부 전화를 걸지만, 가을 이후론 연락하지 않았으니 아버지가 지금 어떤 생각을 하고 있는지

나는 몰랐다. 어쩌면 알고 싶지 않아서 연락을 미루고 있는 건지도 모른다. 듣기 싫은 연설을 늘어놓을까 봐. 젊은 애들이 뭘 몰라서 그런다, 나라 망하는 걸 가만히 두고 볼 어른이 어디 있겠냐. 아버지는 정치적 입장이 다르면 나이를 떠나 상대를 어른으로 보지 않으려 했다. 심지어 어머니도 독립하지 못한 아이로 봤다. 자신이 지지하는 후보자를 비난했다는 이유로 원하는 걸 사주지 않겠다고 으름장을 놓았고, 밥을 굶기겠다고 협박했으며, 집에서 쫓겨나봐야 정신을 차릴 거라고도 말했다. 전업주부로 살아온 어머니를 업신여기는 말투였다. 그러면 어머니는 밥을 차려주지 않고 빨래를 미루고 청소를 하지 않는 것으로 대항했다. 승자는 늘 어머니였다. 아버지는 굶주림을 절대로 참지 못하고 한 번 입은 옷은 깨끗이 빨아 다림질까지 해서 입어야 만족하는 사람이었으니까. 평생 자기 손으로 청소를 해본 적도 없었다. 그 모든 게 알아서 주어지는 집에 무거운 엉덩이를 붙이고 앉아 입으로만 다들 어쩜 그렇게 멍청하냐고 떠들었다. 자기 눈으론 이 나라의 미래가 빤히 보인다고 탄식하면서. 그건 아버지보다 훨씬 짧게 산 내 눈에도 빤히 보였으나, 나는 아버지의 결점을 지적하며 반항하는 대신 모순점에 조용히 냉소하기만 했다.

그토록 나라 걱정을 하는 아버지였지만 출산율이 바닥을 치는 이 시대에 내가 결혼해 아이를 낳고 사는 건 조금도 반기지 않았다. 그 덕분에 아버지와 사이가 나빠지려다가도 종국엔 안부 연락은 종종 하는 사이가 되었다. 아버지가 겁쟁이라는 걸 알아서였다. 나를 잃을까 봐 두려워한다는 걸 잘 알았기에. 내가 태어나자마자 점쟁이를 찾아간 할아버지는 아이 낳다 죽는 팔자이니 결혼을 못 하게 막으라는 무시무시한 말을 듣고 돌아왔다. 출산만 하지 않으면 명줄은 길다고 점쟁이가 장담했다. 아버지는 할아버지가 돌아가신 뒤에도 그 말을 결코 잊지 못했고, 내가 승주와 동거를 시작하자 어머니를 시켜서 피임을 단단히 하게끔 일렀다. 자연피임을 하고 있던 나는 잔소리를 수십 차례 듣고 나서야 인위적이고 확실한 방법으로 바꾸었다. 승주는 내 아버지가 극우 노인이라고 생각해 그를 만나는 일을 극도로 꺼렸지만, 나는 알았다. 누군가의 열성적인 지지자이기 전에 딸을 잃을까 봐 겁내는 아버지이고, 내 얼굴에 두꺼운 책을 집어 던지는 일은 절대로 없을 거라는 걸. 그런 이유로 나는 선생님을 이해할 수 없었다. 잘못 맞으면 뇌진탕을 일으킬 수도 있는데 왜 참지 못하셨던 걸까.

"이 시국에 연극할 짬이 났어?" 비아냥 섞인 내 물음에 승주는 마른세수로 곤혹스러움을 표현하더니 자기도 연극을 하고 싶어서 한 게 아니라며, 어쩌다 이 지경이 되었는지 알려주었다. 아버지가 도통 말귀를 못 알아들어서 어쩔 수가 없었노라고.

승주의 가족들은 이따금 집에서 연극을 했다. 연기가 아닌 연극을 말이다. 연기는 함께 사는 사람들 사이에서 수시로 일어날 수 있는 일이었으나, 연극은 대본 집필과 발성 연습, 소품 마련과 무대 설치라는 품이 든다.

상당한 공을 들여야 하는 그 일을 승주네는 1년에 한 번 정도 정기적으로 시행했다. 그들끼리 좋은 평을 내린 대본은 이듬해 연말에 다시 앙코르로 상연하기도 하면서. 나는 그들의 기행이랄지, 가족 행사에 초대되어 몇 번 연극을 보기도 했었다. 그건 내가 상상하던 것과 달랐다. 승주와 그의 가족들―부모님과 할머니, 형 부부, 조카―은 모두 웃는 장면에서 나만 웃지 못했고, 다들 눈물을 감추려 노력할 때 나 혼자 크게 웃었다. 대본에 그들만의 역사가 고스란히 담겨 있었기에 어긋난 반응을 일으킨 것이다. 승주네의 기쁨과 슬픔, 수치심과 고뇌를 내가 그들만큼 알지는 못했으므로 당연한 일인지도 몰랐다. 나는 학생주임이었던 승주의 아버지가 연극반 지도 선생님이기도 했던 것에 남몰래 의문을 품고 있었는데 승주와 사귀고 나서야 의구심이 풀렸다. 학생을 엄격하게 단속하는 것과 별개로 선생님은 연극을 사랑하는 사람이었다. 허공에 시선을 둔 채 대사를 읊다 문득 날카로운 눈빛으로 돌변해 객석을 돌아보며 완벽한 메소드 연기를 구현하려 노력하는 선생님의 모습은 낯설면서도 심히 웃겼다. 나는 웃음을 감추려 노력하다 몇 번 실패한 후엔 되도록 그 자리에 참석하지 않으려 꾀를 썼다. 야근을 해야 한다고, 부모님이 급하게 호출하셨다고 거짓말하면서 참석을 피했다. 피할 수 없는 날에는 승주의 가족이 관객석이라고 칭하는 거실 소파 귀퉁이에 앉아 슬픈 생각을 하려 노력했다. 가령 내가 임신을 해버려 아버지가 엉엉 우는 모습이라든지.

책 투척 사건이 벌어졌던 오후, 승주는 대본을 달달 외우기 위해 노력했으나 모든 대사에 정치적 의도가 알알이 박혀 긴장을 했었는지 절반은 암기하지 못한 상태로 본가에 들어섰다. 승주의 아버지와 어머니, 할머니와 형 부부, 어린 조카가 관객석에 앉아 승주를 바라보았다. 승주 혼자 무대에 오르는 일인극이었다. 승주의 어머니가 민정이는 요새 왜 통 안 보이냐고 물었다는 대목에서 자리를 그만 비워달라고 닦달하는 간호사가 나타났다. 베드에서 천천히 내려와 수납 창구에서 계산을 마치고 돌아온 승주가 내 옆에 앉더니 다시 어머니 얘기를 꺼냈다. "니가 보고 싶으신가 봐." 나는 화제를 바꾸기 위해 얼른 물었다. "책은 언제 던지신 건데?"

집회에 나가 정의 구현을 외치는 장면을 위해 승주는 자신의 커다란 깃발을 들고 갔다. 깃발이 등장하자 승주 아버지의 표정이 심각해졌다. 그를 설득하기 위한 의도가 다분한 연극이라는 건 진즉에 눈치챘겠지만, 깃발의 등장이 예상보다 더욱 그의 심기를 불편하게 한 듯했다. 깃대가 길어 천장 샹들리에를 자꾸만 쳐대는 것도 거슬렸을 것이다. 얼마 전에 우중충한 천장 등을 떼어내고 새로 바꿔 단 것이었으므로 평소엔 승주 편을 기꺼이 들어주던 어머니의 표정도 점점 어두워졌다. 층고가 높고 평수가 넓어 연극 무대 한 개쯤은 가뿐히 앉힐 수 있는 전원주택의 네모난 거실이 떠올랐다. 그곳에서 승주는 깃발을 흔들며 구호를 외쳤고, 중요한 대사를 잊어버리는 바람에 인쇄한 대본을 눈앞으로 들어

올렸다.

"당신에게, 결코 잃어서는 안 될, 소중한 사람이, 있다면, 그를 위해, 반드시, 우리를 선택해야 합니다."

승주는 단어 하나하나에 힘을 주어 문제의 대사를 읊은 뒤에 나를 쳐다보았다. 승주가 무얼 기대하는지 알았다. 선생님이 책을 집어 던진 이유를 말해달라는 것이었다. 나는 선생님의 입장이 되어보려 노력했다. 잃어서는 안 될 소중한 사람. 이 대목에서 선생님은 아마도 가족을 떠올리셨을 것이다. 반드시 우리를 택해야 합니다. 그 말은 반드시 빨갱이를 택해야 합니다, 그렇게 알아들으셨을까. 내가 더듬더듬 말하자 승주는 무례하지 않게 말하려 노력할 필요가 없다고 하면서도 자기 아버지는 빨갱이라는 단어는 한 번도 쓴 적이 없다면서 내 추측을 은근히 깎아내렸다. 하지만 특정 단어를 자주 쓰든 그렇지 않든지 간에 문제가 되는 건 하나였다. 어느 부모가 자식 머리에 무거운 책을 집어 던진단 말인가. 정치적 대립에서 비롯된 행동이라면 신념을 넘어선 일종의 광기라고 봐야 했다.

나는 승주에게 솔직한 생각을 말하는 대신 내가 해줄 수 있는 게 더 있느냐고 물었다. 이제 그만 승주와 헤어지고 싶었다. 이미 헤어진 후에 또다시 헤어지는 과정을 거쳐야 하는 게 뒤늦게 괴로웠다. 두 번 다시 연락하지 말라고 말하고 싶었으나 정말로 그럴까 봐 하지 못했다. 아직 솔직한 내 마음을 전할 기회도 얻지 못했으므로.

승주가 너의 깃발을 만들어보라고 했을 때, 나는 깃발의 형태만 만들어놓고 그 안에 아무런 문구도 쓰지 못했다. 어떤 사람인지, 무얼 추구하는지 말해야 하는 순간마다 누군가에게 선을 긋는 기분이 드는 고질병 때문이었다. 그 선이 나를 향해 그어지더라도 입을 다물어버리는 겁쟁이라서. 무엇보다 승주에게 오래전 그 일의 찜찜함에 대해 묻고 따지지 못하는 게 고통스러웠다. 우리 관계에 균열이 일어난 건 두 번째 참사가 일어났던 해였다. 그러므로 이미 오래전부터 나는 승주를 전과 다른 눈빛으로 보고 있었다. 승주의 진짜 얼굴이 궁금하면서도 그걸 알게 되는 게 두려웠다.

"이렇게 포기 못 해. 나랑 이태원에 좀 다녀오자."

이태원이라는 말에 심장이 덜컥 내려앉았다. 내가 무슨 생각을 하는지 알았을까. 갑자기 거길 왜 가느냐고 묻자, 실로 엉뚱한 대답이 돌아왔다.

"연극 다시 할 거야. 아버지가 내 말을 알아들으실 때까지. 근데 또 뭐가 날아올까 봐 무대에서 쫄 수도 있잖아? 그래서 투구가 필요해."

"그걸 어디서 파는데?"

이태원에서 판다고 승주가 말했다. 뇌출혈이 있을까 걱정되는 와중에도 CT 검사 결과를 기다리면서 중고거래 사이트를 뒤져 기어이 그걸 찾아낸 것이다. 나는 갑옷도 사지 그러느냐고 핀잔을 주었다. 그러자 원래 갑옷과 투구가 한 세트인데, 갑옷까지 사면 비싸서 머리만 보호하는 거라는 진지한 대답이 돌아왔다.

이서수

○

 투구를 가진 사람은 대로변 안쪽의 서너 평짜리 작은 가게에서 골동품을 팔고 있었다. 가게 입구에 부처상과 예수상, 앤티크 가구, 도자기, 철제 장식품과 수석이 무질서하게 쌓여 있었다. 이마에 거즈를 붙인 승주를 보자마자 투구가 필요한 사람이라는 걸 기민하게 알아챈 듯한 주인이 묵직해 보이는 투구를 들고 우리에게로 걸어왔다. 투구 정수리에 뾰족하고 화려한 금속 장식이 붙어 있었다. 무언가를 던지면 거기에 꽂힐 수도 있을 것 같았다. 곧바로 가격 흥정이 이루어졌고, 약간의 네고 끝에 승주가 가게 주인의 계좌로 송금을 마쳤다. 나는 차갑고 무거운 투구를 옆구리에 낀 채로 절차가 마무리되길 기다렸다. 투구는 한눈에 봐도 승주의 머리보다 크기가 작았다. 승주는 머리가 큰 편이었다. 그러나 감사 인사를 하고 돌아서는 승주의 표정이 밝아 나는 투구가 작은 것 같다는 말은 하지 못했다.
 "이제 집으로 갈 거지?" 내 물음에 승주는 그제야 우리가 별거 중이라는 사실을 깨달았는지 미간을 찡그렸다. 실수했다고 생각하는 걸까. 나를 여기까지 데려온 건 실수임이 분명했으나, 나는 우리가 이별을 미루며 걸어가는 방향에서 맞닥뜨리게 될 것을 뒤늦게 짐작하곤 발걸음이 무거워졌다. 어쩌면 우리의 경로는 예정된 일이었는지도 몰랐다. 승주에게 몇 년간 감춰온 나의 진심에 대해 비로소 말해야 할 때가 온 것이다.

승주는 투구를 이리저리 살피더니 난감해하는 표정을 지었다. 사이즈가 안 맞을 수 있겠다는 걸 그제야 깨달은 것 같았다. 거리를 걸으면서 투구를 쓰려고 노력하다 결국 절반만 쓴 상태에서 시도를 멈추었다. 머리보다 투구가 작아 더 이상 어찌해볼 도리가 없는 것이겠으나 나는 계속 모른 척해주었다. 승주는 투구를 어정쩡하게 쓰고 걸었다. 나는 머리가 하나 더 생긴 것처럼 키가 커진 승주를 따라 말없이 걸었다. 그러다 이윽고 그곳에 이르렀고, 우리는 동시에 걸음을 멈추었다. 승주가 먼저 입을 열었다.

"저 빛은 뭐지?"

 나는 승주가 여기에 와보지 않았으리라는 것을 짐작하고 있었다. 참사가 일어났을 때 무심한 듯 아무 말이나 했던 승주였으니까. 세월호와 이태원 참사는 다르다는 말을. 사실 그건 누군가를 정확히 겨냥한 말이었다.

 내가 승주의 깃발을 함께 들지 않으려 했던 건 그 때문이었다. 그러나 그걸 따지고 들면 결국 헤어지게 될 것임을 알았기에 나는 내내 입을 다물었고, 아버지를 상대하며 단련한 기술은 쉽게 발휘되었다. 비겁하다는 생각은 하지 않았다. 생각이 다른 이와 함께 살아가려면 터득해야 할 자연스러운 기술로 여기기조차 했었다. 그러나 결국 승주와 멀어지고 있음을 느꼈고, 그때부터는 우리 둘 다 싫어졌다.

 나는 승주를 은근히 탓하며 물었다. "여기 안 와봤어?"

좁은 길의 바닥에 사선으로 길게 이어진 빛이 있었다. 그 밝은 빗금 앞에서 승주는 걸음을 오래 멈추었고, 이윽고 고개를 들어 맞은편의 추모 전시물을 보았다. 나는 승주가 어떤 말을 하든 내가 하고 싶은 말을 전하기 위해 마음을 다잡았다. 고작 그런 일로 멀어질 수 있느냐고 물으면 고작이 아니라 답할 것이고, 너는 그걸 왜 이제야 말하는 거냐고 물으면 오랫동안 곱씹느라 그랬던 것 같다고, 그땐 철이 없어서 뭘 몰랐다고 하면 철의 유무로 말할 수 있는 문제가 아니라고 답할 것이다. 그러나 승주가 잘못했다고 말하면 그땐, 뭐라고 해야 할까. 생각이 짧았고 이젠 달라졌다고 말하면 그걸 믿어야 할까. 나는 그 대답을 듣고서 고민할지 모르는 내가 싫어 기어이 승주와 멀어질 결심을 한 것인데. 그런 내 마음은 결국 승주와 함께 깃발을 들고 광장으로 나가지 않는 것으로 표현되었고, 승주만이 아니라 같은 편에 선 사람들의 머릿속에 든 모든 생각 가운데 특히 참사에 대한 의견만 콕 집어서 듣고 싶었다. 한편으론 절대로 듣고 싶지 않았다. 듣고 나선 괜히 들었다고 후회할 것 같았다. 두 참사 사이에 발생한 내가 몰랐던 수많은 참사들을 알게 될까 두려웠고, 참사의 순서를 정하는 게 발생 순서대로 기억에서 희미해질 수 있다고 여기는 일 같아 부끄러웠다.

"이 빛 아름답지?"

"야, 그렇게 말하면 안 되지."

승주는 흠칫 놀라며 내 표현을 지적했다. 아름답다니,

민정아. 그렇게 말하면 안 되지. 승주 역시 나를 나름의 기준으로 판단하고 있었다.

"승주야, 빛을 먼저 보면 안 될까."

"뭐라고?"

"색보다 빛을 먼저 보라고."

승주가 도통 의미를 모르겠다는 표정으로 물었다.
"빛이 뭔데?"

빛은…… 빛은 단순한 밝음이 아니야. 입자나 파동, 광선으로만 설명할 수 있는 게 아니야. 식상하지만 사랑과 온기라 표현할 수 있고, 식상하다고 말하는 사람을 노려보면서 사랑하는 사람들과 그들의 온기라고 말할 수도 있어. 그리고 그에 대한 모든 기억이라고도. 색을 보기 위해 필요한 게 아니라 사랑과 온기와 기억을 지키고 깨닫기 위해 필요한 것이라고. 그러나 그걸 우리는 자주 잊잖아. 특히 너는, 때로는 빛이 없는 사람같이 굴잖아.

승주는 아무런 대답이 없다가 투구를 억지로 눌러썼다. 나는 승주가 붉어진 얼굴을 감추기 위해 그런 행동을 하는 거라고 이해했다. 얼굴이 아플 텐데. 머리를 세게 옥죌 텐데. 단단한 쇠로 된 투구를 기어이 깊숙이 눌러쓴 채로 돌아서는 승주의 뒷모습은 낯설었다. 그러나 그 입에서 나온 말은 내가 잘 아는 승주였다.

"빛도 어떤 의미에선 색이야. 그리고……."

승주가 나를 천천히 돌아보며 말했다.

"너도 빛을 못 보고 있는 건 마찬가지야."

○

 시간이 흐르며 미미소의 규칙들이 무너졌다. 한 가지도 지켜지는 게 없었다. 아름다운 집은 서로를 적대시하는 삭막한 집으로, 함께 음식을 해 먹는 집은 식사 시간에 마주치지 않기 위해 더 많이 화난 사람을 외식으로 내모는 집으로 변했다. 그 결과 포장 용기가 마당 구석에 차곡차곡 쌓였다. 나는 마당에 버려진 숯불구이 장비를 정비해 숯을 피우고, 단호박과 파프리카와 버섯을 구웠다. 솔미 씨가 와인을 홀짝이며 나를 도왔다. 그러나 어떻게든 화해의 자리를 마련해보려던 우리의 노력은 결실을 얻지 못했다. 진보 사상을 가진 86세대 부모를 철저히 배신한 극우 딸—요즘 들어 혜지가 공격하는 논(약)점이었다—과 자기는 빨갱이와 다르다고 외치던 마젠타 핑크는 다시 격한 말다툼을 벌였고, 솔미 씨마저 내게 어느 편이냐고 묻기 시작했다.
 "그러는 솔미 씨는요?"
 "없다니까요, 편 같은 거. 나는 쟤들을 다 사랑해요."
 나는 차마 그러지 말라고 하지 못했다. 숯을 뒤적거리며 생각에 잠기던 솔미 씨가 입을 열었다.
 "나는 시위하는 사람들이 가여워요. 한번은 폭염주의보가 내렸던 날, 광화문 한복판에서 혼자 피켓을 들고 있는 사람을 봤어요. 긴소매를 입고 챙 넓은 모자를 쓰고 있었는데 등이 흠뻑 젖고 얼굴에 땀이 비 오듯 흐르더라고요. 마음 같아선 어디 시원한 데로 데려가서 얼린 잔에 나오는 맥주라도 사주고 싶었는데 그럴 수가 없잖아요. 그래서 근처 편의점으로 가서 얼음물을 하나 샀어요. 그걸 들고 빠르게 걸어갔는데, 정작 그 앞에 도착해서는 얼음물을 못 줬어요."

"왜요?"

"그걸 마시는 걸 보고 누군가 이런 생각을 할 수도 있을 것 같아서요. 철저히 준비해왔구나. 할 만하겠다."

우리는 동시에 길게 침묵했다. 그래. 누군가는 그렇게 생각할 수도 있지. 할 만하겠다고, 쉽게 냉소하고 판단하면서 그 자리를 지나쳐버리는 게 더 마음 편할 테니까. 사무실로 돌아와 의자에 앉아서도 그 사람을 떠올리느니, 얼음 가득 넣은 믹스커피를 타서 한 잔 쭉 들이켜고 할 일을 빨리 해치우는 게 시간을 아끼는 길일 테니까. 그렇게 아껴서 만든 시간을 어디 좋은 데 쓰는 것도 아니면서. 스스로를 위하는 일에 쓰면 잘살고 있다고 뿌듯해하면서. 나는 그랬어. 나는 그랬지. 그리고 앞으로도 계속 그럴지 몰라. 뜻밖에도 내 말에 고개를 순순히 끄덕이던 혜지가 문득 승주를 떠올렸는지 그 뒤로 어떻게 되었느냐고 물었다.

승주는 연극을 그만둘 생각이 추호도 없었다. 투구를 쓰고서 앙코르를 요청받지 않은 앙코르 공연을 무대에 올렸다. 이번에는 선생님이 책을 던지지 못했다. 묵직한 무게를 가진 건 무대 소품에서 모조리 퇴출되었고, 승주의 어머니는 물잔마저 치워버렸다. 승주는 연극을 끝까지 해냈고 조카와 형수에게서만 박수를 받았다. 할머니는 집안에서 내전이 벌어지는 꼴은 두 번 다시 보고 싶지 않다며 그 자리에 참석하지 않았다. 열두 살인 조카는 자신의 정치적 입장을 밝히지 않은 채 다만 삼촌을 사랑한다고 말했다. 그 말에 승주의 형과 형수가 눈시울을 붉혔고, 승주는 투구를 쓴 채로 엉엉 울었다. 나중에 조카는 투구를 갖고 싶다고 떼를 썼고 승주는 고민 끝에 그 말을 들어주지 않았다. "너는 투구를 쓸 일이 없을 거야. 그런 세상을 우리가 만들 테니까." 승주의 말에 그의 아버지는 불편한 탄식을 흘렸지만 훼방을 놓는 말은 하지 않았다.

혜지가 다시 물었다. "너는 어때?"

승주와 이태원에 다녀온 뒤로 나는 바닥에 그어진 빛의 사선을 종종 떠올렸다. 그 주변에 영혼이 머물고 있을 것 같았다. 너무나 소중한 사람을 잃는 일에서도 정치색을 따지는 이들이 낙엽처럼 머리 위로 우수수 쏟아지고, 잡초처럼 발밑에 우르르 돋아나서 무섭다, 고 나는 말했고 한 사람에게서만 격렬한 공감을 얻었다. 또다시 그런 일이 일어나지 않도록 너도 여기 빗금 안쪽으로 서라는 말을 혜지는 내가 아니라 은희 씨를 보면서 했다. 은희 씨는 대답 없이 입술을 앙다물었다.

새벽 두 시 무렵에 잠든 나를 깨우는 예의 그 목소리가 들려왔다. 그러나 내가 잠이 완전히 달아나기도 전에 방문이 벌컥 열리더니 솔미 씨가 뛰어 들어와 창을 활짝 열고 외쳤다. "아주머니, 시끄러워서 잠을 못 자겠어요. 제발 다른 데로 가주세요!" 나도 아주머니에게 정중히 부탁하기 위해 창가로 가까이 다가섰다가 기이한 광경을 목격했다. 아주머니의 가방 양쪽에 두 개의 깃발이 꽂혀 있었다. 하나는 저쪽 편의 슬로건이었고, 다른 하나는 이쪽 편의 구호였다. 솔미 씨는 그걸 못 본 모양이었다. 나는 나도 모르게 아주머니에게 어느 편이냐고 물었다.

"우리 딸이 나한테 깃발을 맡겨놓고 어딜 좀 갔어."

딸이 한 땀 한 땀 수놓아 정성을 다해 만들었다는 걸 알기에 버릴 수도 없었노라고, 아주머니는 겸연쩍은 듯 웃으며 설명하더니 예전에 이 골목에 오래 살았다면서 나로서는 알 리가 없는 사람들의 이름을 줄줄이 읊다가 갑자기 봉제공장에 다녔던 일화를 늘어놓았다. 먹고살기 참으로 힘든 시대였고, 이 나라는 어두운 터널을 힘겹게 벗어난 역사를 갖고 있다는 장광설이 이어졌다. 솔미 씨가 참지 못하고 화를 냈다. "아주머니, 취하셨어요? 주사가 있으시네요. 가족들이 찾습니다. 집으로 어서 돌아가세요." 솔미 씨는 주사가 없어서 그런지 당당했다. 아주머니는 미안하다고 말하며 고분고분하게 자리를 떴다. 걔가 나를 찾을까, 얼핏 그렇게 중얼거리는 소리가 들렸다. 나는 아주머니가 두 번 다시 이 골목에 오지 않으리라고 예감했다. 공장 노동자로서 힘들었던 과거를 기억하는 사람은 아주머니뿐이었고, 공유하우스에 모인 우리는 우리의 현재를 버거워하며 견디고 있었다. 우리에겐 각자 다르게 힘들었던 과거와 비슷하게 힘든 현재가 있었지만 불행히도 서로를 잘 몰랐다.

창문을 닫고 돌아서던 솔미 씨가 내 책상 위에 놓여 있는 깃발을 발견했다. 아직 아무런 문구도 쓰지 않은 깃발이었다. 솔미 씨가 뭐라고 쓸 거냐고 물었다. 나는 고심 끝에 답했다. "빚이요." "맙소사. 민정 씨도 빚이 있군요." 나는 아니라고 손을 내저으려다 결국 고개를 끄덕이고 말았다.

어쩌면 빛이 있어서 색이 있는 것처럼 빚이 있어서 색이 있는 건지도 모른다. 누군가 지켜지는 대가로서의 빚, 누군가를 잃어버리는 보상으로서의 빚이. 나는 텅 빈 깃발의 한가운데를 물끄러미 보았다.

잠이 오지 않아 밤새 뒤척이다 아침 여덟 시에 아버지에게 안부 전화를 걸었다. "민정이냐." 아버지는 요새 어떻게 지내냐면서, 시위하러 몰려든 내 또래 사람들에게 밥을 사준 일화를 들려주었다. 아버지랑 같은 편이 아닌데 무슨 이유로 밥을 사줬는지 묻자, 아버지는 아차 싶어서 그랬다고 대꾸했다.

"왜 아차 싶었는데?"

"이렇게 안 만났으면 밥을 사줘도 괜찮을 만한 치들이었다."

예상 밖의 말에 깜짝 놀라 남의 자식 밥 사줄 돈 있으면 나한테 용돈 좀 보내달라고 괜스레 퉁을 놓았다. 아버지는 그래, 보내주마, 하고 호탕하게 말하더니 뒤늦게 정신을 차렸는지 용돈은 네가 좀 달라고 꾸짖고선 정세를 살펴야 한다며 전화를 끊었다.

나는 통화를 마치고 나서 길게 고심하던 끝에 방으로 햇빛이 비쳐드는 오후가 되었을 때에야 나의 깃발을 완성했다. 빛이라는 단어는 어디에도 없었다. 그러나 아버지가 봤다면 아차 싶을 말, 승주가 봤다면 잠시 투구를 벗어둘지도 모를 말이었다.

작가노트

빛과 당신

 '색'을 테마로 한 단편을 청탁받고 나서 내가 원래 쓰려고 했던 이야기는 「빛과 빗금」이 아니었다. 시력 소실을 경험한 사람의 이야기를 바탕으로 '색'과 '본다는 것'의 의미를 그려보려 했으나, 소설을 구상 중이던 12월에 뜻밖의 일이 일어나면서 결국 전혀 다른 이야기를 완성하게 되었다.

 소설에 등장하는 민정과 달리 나는 정치적 견해를 거리낌 없이 밝히고, 나와 생각이 다른 상대를 설득하려 노력하고, 그게 잘되지 않으면 섣불리 실망하고 비난하는 사람에 가깝다. 혜지와 은희처럼 신념이 강한 편이며 변하지 않는 이상향도 품고 있다. 그런 내가 어느 쪽도 선택하지 않으려는 민정을 주인공으로 내

세워 소설을 쓰게 된 것에 나조차 놀랐다. 다 쓰고 나서도 소설 속 인물들이나 그들의 선택보다는 이런 이야기를 쓴 나 자신에 대한 생각을 더 많이 했을 정도였다.

어쩌면 그날 그곳에서 시위대를 본 일이 계기가 되었는지도 모르겠다. 1월의 어느 주말 오후에 나는 종로에 갔다가 가두행진 시위대를 목격했다. 그 전까지 나는 반대 진영을 택한 사람들의 얼굴을 가까이서 보거나 그들의 목소리를 직접적으로 들어본 적이 없었다. 그들과는 되도록 거리를 두고 싶었기에 그런 기색이 감지되면 일부러 먼 길로 돌아갔을 정도였다. 그러나 그날은 일행과 대화에 몰두하느라 거리에서 어떤 일이 벌어지고 있는지 미처 인지하지 못했고 결국 불시에 그들과 마주치고 말았다.

경찰이 수신호로 차량의 흐름을 제어하는 와중에 그들은 피켓과 확성기를 들고 가방이나 주머니에 깃발을 꽂고서 같은 구호를 외치며 일방향으로 걸어갔다. 예상했던 것과 다르게 내 또래로 보이거나 나보다 나이가 어린 듯한 사람들도 많았다. 그 사실이 내게 큰 충격으로 다가왔다. 나는 그들이 그 구역을 빠져나갈 때까지 꼼짝도 하지 않고 행렬을 지켜보았다. 그들이 외치는 구호에 마음속으로 화를 내고 그들의 당당한 표정에 치를 떨면서. 머릿속으로 인원수를 세어보다 어느 순간부터는 카운트를 멈추었다. 나는 그 숫자에 절망했다.

어떻게 저럴 수가 있나. 나는 가라앉힐 수 없는 혐오를 느꼈고, 혐오는 점점 분노로 바뀌어갔다. 저런 말을 외칠 바에야 차라리 이 세상에서 사라지는 게 낫지 않을까. 나는 그날 처음 본 사람들이 멸종되길 진심으로 소망하다 그 무리 안에 내가 아는 사람이 있을지도 모른다는 것에 생각이 미쳤다. 오래전에 멀어진 친구였다. 나와 다른 정치적 입장을 가졌으나 내게 언제나 몹시 다정했던 친구였기에 나는 괴로움을 느끼며 그와 멀어졌다. 나는 그가 이 세상에서 사라지기를 바라는 걸까? 그건 아니었다. 사라지는 게 아니라 그저 변하기를 바랐다.

그날을 기점으로 나는 내가 외치던 구호만이 아니라 광장을 두 개로 갈라놓은 분열의 양상에 집중하기 시작했다. 저쪽이 사라지고, 이쪽이 남아야 한다. 그러한 결론은 상대편도 똑같이 내렸을 게 틀림없었다. 저들이 죽고 우리가 살아야 한다. 하지만 그런 방식으론 분열을 절대로 끝낼 수 없고, 빛이 있는 곳으로 나아갈 수도 없다. 그걸 깨닫자 변화가 한복판에서 당당히 시위했던 그들을 더 이상 저주할 수가 없었다. 다른 방법이 필요했다.

 사실 이 소설을 완성한 지금도 나는 같은 고민을 계속 붙들고 있다. 소설을 다 쓰고 나면 어렴풋하게나마 해법을 알 수 있을지도 모른다고, 분열이 아닌 화합으로 향하는 가장 좋은 방법을 찾을 수 있을지 모른다고 기대했으나 결국 그런 건 얻지 못했다. 하긴, 이것은 소설일 뿐이다. 작가의 완고한 사상을 전하는 글이 아니라 독자에게 묵직한 질문을 던지거나 다른 방향성을 제시하는 이야기를 들려주는 소설. 작가마저 종국엔 자문의 늪에 빠지고 마는 소설. 나는 그것이 소설의 존재 이유이자, 작가의 존재 상태라고 생각한다. 이 소설을 쓰면서 변한 점이다. 빗금의 저편에 선 사람을 포기하지 않으려는 마음이 생겼다.

 12월의 그날 이후로 일상의 장소에서 수많은 분열이 발생하고 있을 것이다. 집과 학교, 일터를 비롯해 각종 만남의 자리에서도 반대 진영에 선 상대를 설득하려 얼굴을 붉히며 다투거나 그런 사람을 말리기 위해 진땀을 빼고 있을지도 모른다. 정치적 의견 다툼과 의사 표현은 광장에서만 하자고 그 자리의 모두가 내심 정해놓고선 속으론 상대를 혐오하며 겉으로만 웃고 있을지도 모른다. 그러나 누군가는 이 소설 속 인물들처럼 분열이 싫어 도망치고 싶거나, 같은 진영 안에서도 중요한 문제에 대한 의견이 다른 것을 알고서 몹시 괴로워하거나, 사회에 아무런 관심도 없는 것처럼 보이고 싶어 하거나, 그런 사람을 경멸하거나, 입장이 다르지만 않았다면 밥을 사주고 차도 마시는 사이가 되었을지도 모른다고 생각하며 쓴웃음을 흘리고 있을지도 모른다.

정치색.(이제야 '색'이라는 단어가 등장했다.) 그것에 대해 내가 이토록 고민을 많이 했던 적이 있었던가. 색이 드러나기 전에 빛이 있지만, 우리는 색을 식별하고 분류할 때 빛에 대해선 거의 생각하지 않는다. 단순히 계산기를 두드려 유리한 쪽에 서려는 셈법이라고 주장할 게 아니라 왜 그런 색을 갖게 되었는지, 각자가 궁극적으로 어떤 사랑을 기반으로 한 이상향을 품고 있는지부터 말한다면 혹시 빛이 드러날까? 여전히 답하기가 어려운 질문이다. 다만 색을 기반으로 서로에게서 멀어진 이들이 우리 모두가 공유하고 있는 빛을 먼저 돌아보기를 바랄 뿐이다.

©SICA

공현진

2023년 《동아일보》 신춘문예를 통해 작품 활동을 시작했다. 소설집 『어차피 세상은 멸망할 텐데』를 썼다. 제15회 젊은작가상을 수상했다.

이사

"이게 무슨 냄새야?"

오랜만의 외출이었다. 우진과 해오는 긴 연휴 내내 꼼짝 않고 집에 있었다. 어디로도 향하지 않고 집에만 있는 것이 연휴를 연휴답게 보내는 방법이라는 데 두 사람은 이견이 없었다. 배달 음식과 스마트폰만 있으면 쉼도 자유도 유희도 손쉽게 주어졌다. 각자 스마트폰을 붙들고 시간을 보내다가 딸기케이크가 먹고 싶다는 해오의 말에 일요일 저녁, 두 사람은 자주 가는 동네 카페에 다녀왔다. 팔짱을 끼고 선선한 봄바람을 맞으며 기분 좋게 밤 산책도 했다. 그런데 막 들어온 집 현관에서 우진과 해오는 이상한 냄새를 맡았다. 생선 비린내 같기도 하고 오줌 냄새 같기도 했다. 작년 겨울 내다 버려야 했던 다육식물의 썩은 냄새나 세척이 덜 되어 가습기에서 올라왔던 시큼한 냄새와도 비슷했다.

해오는 현관문을 열자마자 먼저 냄새를 맡았고 눈썹을 찡그리며 우진에게 물었다. 우진은 킁킁 킁킁, 몇 번 숨을 들이마시더니 곧 인상을 썼다. 두 사람은 비슷한 냄새를 맡았다.

"대체 어디서 나는 거지?"

우진은 신발을 벗고 부엌 쪽으로 걸어가며 말했다. 해오는 현관에 남아 붙박이로 된 신발장 문을 열었다. 이 냄새가 아닌데. 신발 냄새가 났지만 찾는 냄새는 이것이 아니었다. 해오는 거실로 들어서면서 천천히 코로 숨을 들이마셨다. 집 안 공기 중에 비릿한 냄새가 옅게 배어 있었다. 부엌 쪽을 보니 우진이 싱크대 개수대에 머리를 박고 있었다.

"거기서 나?"

개수대 냄새를 확인하던 우진은 이번엔 조리대에 코를 바싹 댄 채 한 걸음씩 옆으로 이동했다.

"냄새 나?"

해오가 물어도 못 들었는지 우진은 대답이 없었다. 무언가에 집중할 때 우진의 특징이었다. 우진은 설거지 후에 조리대 한편에 엎어놓은 솥을 들어 냄새를 맡았다.

"아, 그 냄새인가?"

해오는 말하며 우진이 들고 있는 솥으로 다가섰다. 모르겠네, 하며 우진이 솥을 건넸고 해오는 솥에 코를 댔다. 차가운 금속의 감촉이 코끝을 시큰하게 했다. 어제 해오와 우진은 큰 솥에 대게를 삶아 먹었다. 먹을 때는 좋았는데 먹고 나니 갑각류 특유의 비린내가 집 안 여기저기 묻어났다. 위생장갑을 끼고 먹었는데 손에도 냄새가 뱄다. 해오는 비누거품을 손에 쥐고 어떡해, 안 사라져, 말했다. 우진은 태연하게 이런 건 비누로는 사라지지 않는다고 대답했다. 그럼 어떻게 해? 우진은 수납장을 열어 뭔가를 찾았다. 곧 얼마 전에 카드 포인트로 산 스테인리스 텀블러를 해오에게 내밀었다. 여기에 손바닥을 비벼봐. 의심의 눈초리로 바라보는 해오에게 우진은 해산물 비린내 같은 건 쇠에 비벼야 사라진다고 설명했다.

"원래 쇠 비누 같은 게 있는데 지금 마땅한 게 없으니까. 이것도 될 것 같아."

"쇠 비누? 그런 게 있다고?"

"장난 아니야. 믿어보라니까."

몇 번의 재촉에 마지못해 해오는 텀블러에 손바닥을 비볐다. 더욱 이상한 냄새가 날 것 같아 경계하며 손바닥 냄새를 맡았고, 해오는 소리쳤다.

"완전 신기해!"

"왜 나를 못 믿어."

우진은 웃으며 자신도 텀블러에 손을 비볐다. 그러곤 싱크대 쪽으로 가서 고무장갑을 꼈고, 같이하겠다는 해오를 밀어냈다. "못 믿어." 해오의 설거지는 정말 믿음직하지 못했고, 우진은 손을 휘휘 저었다.

우진은 청결하고 꼼꼼했다. 평소 해오가 청소 마니아라고, 청소왕이라고 부를 정도였다. 우진은 마트에 가면 장난감 코너에 홀린 아이처럼 청소 코너에 머물러 있었다. 그거 집에 있는 거 아냐? 욕실 청소솔을 집어 올린 우진에게 해오가 물으면 우진은 고개를 저었다. 이건 다른 거야. 해오가 보기엔 다 똑같은 솔이었는데 길이와 형태와 크기에 따라 모두 사용 용도가 달랐고, 우진의 설명을 듣다 보면 제각각 다 필요한 것이었다. 우진이 골똘히 청소 용품들을 비교하고 있으면 해오는 너무 지루했다. 그래서 딱히 살 건 없어도 괜히 마트를 한 바퀴 둘러봤고, 돌아와도 우진은 그게 그거 같은 화장실 솔이나 세제를 들여다보고 있었다. 못 보던 청소 용품을 발견하면 우진은 눈을 빛냈다.

 나는 청소가 너무 싫어, 말하는 해오에게 우진은 잘됐다고 답하는 사람이었다. 이 남자다! 해오와 우진은 대학교 사진 동아리에서 처음 만났다. 해오는 우진에게 첫눈에 반했고 그 순간 생각했다. 이 남자다, 이런 남자와 만나고 싶다. 그리고 자신이 우진에게 반하던 순간을 자주 곱씹었다. 신입생 환영회에서 술에 취한 고학번 선배가, 그래 봤자 고작 서너 살 많았을 뿐이었으면서 인생을 한껏 더 산 듯, 한 손을 턱에 괸 채 목소리를 깔고 신입생들에게 너는 꿈이 뭐냐, 그런 걸 꿈이라고 할 수 있냐…… 정강이를 걷어차 택시에 태워 보내고 싶은 질문을 해댔다. CPA요, 삼성이요, 저는 광고 쪽이요, 기자요, 하는 와중에 우진은 꽉 찬 맥주잔을 앞에 놓고 말했다. "평범한 시민이요." 곧 놀림거리가 되어 동아리 내에서 '소시민'이라는 별명을 얻은 우진의 말이 해오에겐 반짝거리며 새겨졌다. 시민. 해오는 시민이라는 말을 책에서나 동그라미 쳤지 입 밖으로 꺼내 어본 적이 없었다. 사람들은 농담이라 여겼지만 해오가 보기에 우진의 표정은 진지했고, 평범과 시민이란 단어의 조합이 해오에게는 한없이 안온하게 다가왔다. 사슴 같은 우진의 눈망울도 그를 무해한 초식동물처럼 느끼게 하는 데 한몫했다. 집 안 모든 것을 박살 내는 아버지를 증오하며 평범한 가정을 그려왔던 해오에게 우진은 이상적인 남자였다. 어찌저찌 나중에 연애를 하게 됐을 때 해오는 우진에게 자신이 반했던 순간을 말했다. 우진은 "그게 그런 뜻은 아닌데……"라고 했지만 상관없었다. 어쨌든 우진은 쌀을 씻고 청소하고 설거지하는 걸 좋아하는 남자였고, 해오는 자신의 눈이 옳았다는 생각이었다. 어제 땀을 뻘뻘 흘리며 설거지를 하는 우진을 지켜보면서도 흐뭇한 마음이 들었다.

그런데 청소왕이 공들여 청소한 반들반들한 집에서 이상한 냄새가 나다니. 아무래도 솥이 범인인 것 같았다.

"이건 어쩔 수가 없다."

우진이 말했다. 해오와 우진은 솥을 주고받으며 오렌지향 세제 냄새 아래 깔린 은근한 비린내를 확인했다.

"시간이 지나면 괜찮아질 거야."

우진은 찝찝한 표정을 짓는 해오를 안심시켰다.

"아무튼 이 냄새였나 보네" 하며 해오는 냄새의 원인을 찾아서 속이 시원하다 말했고, "그러게. 대게는 역시 집에서 먹는 게 아니야. 밖에서 사 먹어야 해" 답하며 우진도 미소를 지었다. 내일도 대체공휴일이라 출근하지 않아도 됐다. 늦게까지 낮잠을 자자고 하며 우진과 해오는 행복해했다.

다음 주말에도 해오와 우진은 완벽하게 게으른 주말을 보내자 외치며 집에서 시간을 보냈다. 늦게 일어나 피자를 시켜 먹고 온종일 침대에 누워 태블릿으로 넷플릭스를 몰아 봤다. 저녁이 다 되어 냉장고를 열었다가 계란과 우유가 똑 떨어진 것을 확인했다. 두 사람은 평소 반숙으로 익힌 계란프라이와 버터를 두껍게 바른 식빵, 우유 한 잔을 아침으로 먹고 출근했다. 장바구니를 챙겨 함께 마트로 향했다.

난각번호 1번이 새겨진 계란 앞에서 두 사람은 잠시 분통을 터뜨렸다. 얼마 전 난각번호 1번으로 둔갑한 계란에 대한 기사를 보았기 때문이다. 유럽처럼 드넓은 초원까지는 아니어도 얼마간의 풀 위에서 노니는 닭들의 자유를 생각하며, 일부러 더 비싼 값을 치르고 방사 사육 계란을 구매해왔는데, 사소하지만 포기할 수 없는 윤리적 실천이라 자부해왔는데, 그간의 노력이 기만당한 것이다. 계란에 1번이라고 표기되어 있어도 미심쩍은 기분을 서로 나누는 와중에, 해오는 30구짜리 한 판에 4,990원으로 세일하는 계란 가격표에 눈이 자꾸 머물렀다. 방사 사육 계란은 10구에 만 원 가까이 주어야 했다. 이번 달 예상보다 많이 나온 카드값도 머릿속에 스치면서 해오는 "그냥 싼 거 살까?" 물었다. 하지만 우진이 머뭇거리며 그래도……라고 하자마자 해오는 재빨리 "아니야" 하며 이전의 말을 치웠다. 방목장에서 자란 닭의 것인지 한 평 안 되는 곳에 갇힌 닭 무리의 것인지 신뢰할 수는 없지만 그래도 두 사람은 덜 찝찝하기 위해 1번 계란을 골랐다. 그렇게 고른 계란과 락토프리 우유를 사서 집으로 돌아왔다. 집에 들어서면서 두 사람은 주고받던 말을 멈췄다.

이번에는 누가 먼저랄 것 없이 동시에 냄새를 맡았다. 지난번만 해도 냄새가 나는 건지 아닌 건지 헷갈릴 정도로 희미했는데, 이번에는 아니었다. 분명 쿰쿰하면서도 시큼한 냄새가 났다. 무슨 냄새인지 알 수가 없었기 때문에 무슨 냄새라고 설명하기가 어려웠다.

"아니, 진짜 이게 무슨 냄새야?"

해오가 말을 다 끝맺기도 전에 우진은 성큼성큼 집 안으로 들어갔다. 계란과 우유를 식탁에 던지듯 내려놓고 우진은 온 집 안을 쿵쿵거리며 돌아다니기 시작했다. 단정하게 여며져 있던 쓰레기봉투를 풀어 헤치고, 화장실과 싱크대 하수구에 코를 들이밀었다. 해오는 거실 한가운데에 섰다. 우리 꽃다발 다 버렸지? 환기를 안 해서인가? 아닌데? 환기도 계속 했잖아. 해오는 쉬지 않고 말하면서 수맥을 짚는 사람처럼 공기에 집중했다. 냄새를 맡고자 했는데 왠지 모르게 눈이 커졌다. 역시나 우진은 대답이 없었고 해오는 계속 말했다.

"아니, 그런데 이런 냄새가 나는데 우리는 그동안 왜 못 느꼈지? 집에만 있어서 몰랐나?"

냄새가 아주 심한 건 아니었지만 나기는 났다. 우진

은 쓰레기통도, 화장실과 싱크대도 아니라고 했다. 식탁에 배었나, 하며 우진은 식탁에 코를 댔다.

"계속 있다 보니까 또 안 나는 것 같지 않아?" 해오가 물었고, 우진은 "그런가" 중얼거리며 쓰레기봉투를 묶었다. 뭔지 모르겠네, 두 사람은 의아해하며 쓰레기봉투와 분리수거할 것들을 챙겨 밖으로 나갔다. 나가기 전에 우진은 거실 창문과 부엌 창문을 활짝 열었다. 포근한 봄밤의 공기가 밀려 들어왔다. 흙과 이끼, 그리고 달큰한 솜사탕 같은 냄새가 봄밤 속에 스며 있었다. 분리수거를 하고 집에 들어왔을 때, 두 사람은 희미하게 풍기는 지린내를 도로 감지했다.

정체불명의 냄새를 맡기 전까지만 해도 집에 들어서면 좋은 냄새가 났다. 현관에 둔 우드 머스크 디퓨저 덕분이었다. 집에 들어올 때마다 두 사람은 디퓨저를 현관에 두길 잘했다고 말했다. 디퓨저를 거기 둔 건 신발장 냄새를 해결하기 위해서였다. 원두커피 가루나 숯 혹은 석고방향제를 놓아봐도 신발 냄새가 빠지지 않았다. 정작 신발장을 열어 신발을 하나씩 확인해보면 그렇게 냄새가 나는 건 아니었다. 두 사람은 세탁소에 운동화도 자주 맡기는 편이었다. 모여 있어서 그런가. 우진은 신발장이 새집 붙박이 가구라 냄새가 쉽게 배어버린 것 같다고 말했다. 사실인지는 알 수 없으나 그럴듯했다. 다행히 우진과 해오의 집에는 중문이 설치되어 있어 거실로 들어가면 괜찮았다. 신발 냄새는 신발장이 있는 곳에서만 났다.

그래도 집에 들어올 때마다 신발 냄새를 맡는 건 유쾌한 일은 아니었다. 손님이라도 온다 치면 집의 인상이 쿰쿰한 발냄새로 각인될 터였다. 해오는 생일 선물로 직장 동료에게 차량용 디퓨저를 받았는데 향이 너무 강해서 차를 탈 때마다 멀미가 났다. 그 말을 하자 우진은 그걸 현관에 두자고 했다. 어지러움을 유발했던 디퓨저는 차가 아니라 현관에 두니 제자리를 찾은 듯했다. 그런데 신발 냄새를 덮었던 진한 머스크향마저 지우고, 갑자기 정체불명의 냄새가 나기 시작한 것이다. 명백하게 악취라고 할 수도 없는 것이 냄새가 아주 강하지는 않았다. 중문을 열고 거실로 들어가면 희미하게 나기도 하고 나지 않기도 했다. 그렇다고 현관 신발장이 원인도 아니었다. 두 사람은 냄새의 정체를 찾아다니기 시작했다.

얼마 전 삶아 먹은 대게 냄새가 아직 집에 남아 있나? 어디에? 바닥에 물이 흘렀나?

화장실에서 나는 냄새인가? 하수구 냄새가 올라오나? 잠깐 올라왔다가 사라지는 건가?

수건 냄새인가? 옷에서 나는 냄새인가? 빨래가 잘못됐나?

우리가 안 버린 쓰레기가 있나?

우진과 해오는 집 안 구석구석을 의심하며 코를 벌름거렸다. 산책 나온 강아지처럼 바닥에 납작 엎드려 방바닥 냄새를 맡았다. 마른빨래와 행주 냄새를, 실내에서 신고 다니던 슬리퍼 냄새를 맡았다. 이건 대체 어떤 냄새에 가까운 냄새일까, 우진과 해오는 고민했다. 음식 냄새인가? 하고 냉장고 문을 열면 김치 냄새가 확 퍼지긴 했지만 두 사람이 찾는 냄새는 아니었다.

집은 깨끗했다. 깨끗할 수밖에 없었다. 해오는 우진과 함께 살기 전에 이렇게 깨끗한 곳에서 지내본 적이 없었다. 자신이 더러운 편은 아니라 여겼지만 우진의 깔끔함은 필요 이상, 평균 이상이니, 이 정도면 수준급의 능력으로 인정해야지 싶었다. 청결과 위생에 관해 타고나는 사람들이 따로 있는 것이다! 해오는 우진이 청소하는 모습을 보며 그렇게 생각했다. 우진은 타조 털로 된 먼지떨이로 매일 가구 먼지를 떨고 청소기를 돌렸고 일주일에 두세 번은 스팀 청소기로 바닥을 닦았다. 빨래는 속옷과 수건과 양말을 따로 세탁했다. 상의와 하의도 재질과 색상에 따라 구분했다. 오늘은 속옷, 오늘은 양말, 오늘은 흰색 상의 식으로 요일마다 세탁하는 옷감이 정해져 있었다. 그러니 바닥은 늘 말끔했고, 옷가지와 수건도 보송보송했다. 우진이 세탁해서 개어놓은 수건에 얼굴을 파묻으면 바싹 마른 햇빛 냄새가 났다.

그렇게 쓸고 닦은 집인데.

"이게 무슨 냄새 같아?"

해오가 묻자 우진은 약간 오줌 냄새 같다고 말했다.

"나는 물비린내 같기도 하고. 요거트 냄새 같기도 하고. 포구에서 나는 바다 냄새 같기도 하고……."

방치된 하천, 비에 젖은 책들, 여름날 푹 젖은 브래지어, 시골집 노란 장판을 들어 올리면 나는…… 냄새들. 해오는 흡사한 많은 냄새를 떠올리며 늘어놓았지만 어떤 것도 딱 맞아떨어지는 것 같지 않았다. 비슷하다는 건 말 그대로 비슷하다는 것. 같다는 의미가 아니었다.

 마치 바람을 타고 유령이 왔다가 사라지는 것처럼 냄새는 휙 콧속을 지나갔다가 곧 사라졌다. 저쪽에서 나는 건가 싶어 저쪽으로 가면 아무 냄새가 나지 않았고, 그럼 이쪽인가, 하고 가보면 여기도 아니었다. 두 사람은 집에서 길을 잃은 사람이 되었다. 방향을 잃는 것은 이렇게도 가능했다.

 해오는 두려웠다. 정체를 모른다는 건 악취 이상이었다. 어쩌면 더욱 불안한 일이었다. 알 것 같으면서도 맡아본 적 없는 냄새였다. 음식이 상하거나 탄 냄새인지, 무언가 사체가 되어가는 중인지 원인을 알면 차라리 나았다. 그럼 코를 틀어막으면서도 동시에 안심할 수 있었다. 냄새를 제거하고 해결할 수 있었다. 하지만 냄새가 어디에서 나는지, 무슨 냄새인지도 모른다면. 내가 모르는 곳에서 썩은 것이 더욱 썩어갈 수 있었다. 곰팡이가 번식하듯 썩은 자리는 영역을 더 넓혀갈 것이다. 이름 모를 벌레가 모여들고 온갖 숨 쉬는 것들이 함께 자라날 수 있었다. 우리가 모르는 것들이 집을 점령할 수 있었다.

 새벽이 되도록 집 안을 헤맸지만 둘은 냄새의 원인을 찾지 못했다. 방향조차 가늠하기 어려웠다. 출근을 위해선 조금이라도 자야 했다. 식탁에 놓인 계란과 우유를 냉장고에 넣어 정리했다. 계란 두 알이 깨져서 버려야 했다. 욕실에서 씻고 나온 후에 두 사람은 반색하며 숨을 깊이 들이마셨다. 그 냄새가 나지 않았다. 하지만 자고 일어나 회사에 출근했다가 다시 집으로 돌아오면 여전히 희미한 냄새가 스쳤다. 환기를 열심히 하고, 방향제를 듬뿍 뿌려도 소용이 없었다.

두 사람의 후각으로는 찾을 수 없다는 결론을 내렸다. 뛰어난 후각을 가진 사람들이 있다. 여름 오후 내리는 비에서 잔디 냄새를 맡고, 담벼락의 장미에서 꿀과 오렌지 냄새를 맡는 사람들 같은. 하지만 해오와 우진은 그런 특별한 감각과는 거리가 멀었다. 해오는 조향사를 꿈꾼 적이 없기에 예민한 후각이 부러운 적도 없었다. 그러나 이제는 그런 능력이 부러운 것을 넘어, 예민한 후각을 갖추지 못한 것이 어떤 자격 상실처럼 느껴졌다. 무얼 잃어버린 것만 같았다. 의식조차 하지 못하는 무언가를. 무얼 잃어버렸는지 골똘히 고민하다 소독업체를 불렀다. 한동안은 그 이상한 냄새를 맡을 수 없었다. 두 사람은 그제야 불안에서 벗어나 안심하며 잠자리에 들었다.

하지만 2주도 채 지나지 않아 현관에서 구두를 벗다가 해오는 다시 그 알 수 없는 냄새를 맡았다. 해오는 자리에 주저앉아 울었다. 너무 무서웠다.

"이사를 가야 해."

해오는 그 방법밖에 없다고 말하기 시작했다. 우진은 당혹스러웠다. 사실 먼저 이사 이야기를 꺼낸 건 우진이었다. 이사라도 가야 하나. 우진은 허탈한 웃음과 함께 말했다. 어디까지나 농담으로 한 말이었다. 하도 어이가 없어서 나온 농담. 그런데 우진이 실없이 뱉은 말에 해오는 꽂힌 듯하더니 며칠이 지나 이사를 가야만 한다고 주장했다.

그건 현실적이지 않았다. 이성적이지 않았다. 냄새 때문에 이사를 가자는 건 극단적인 결론이 아닌가. 물론 냄새를 해결할 다른 방법이 떠오르는 건 아니었다. 하지만 그렇다고 이사를 가는 것이 정답일 수는 없었다. 냄새 때문에 이 집을 버린다고?

이 집을 구하기 위해 얼마나 애썼던가. 이 집으로 이사 오기 전 우진과 해오는 구축 아파트에서 월세로 꽤 오래 살았다. 30년도 넘은 오래된 복도식 아파트였지만 집주인이 인테리어를 새로 해놓아 깔끔한 편이었다. 처음에는 아주 만족하며 살았다. 하지만 좁은 거실에 방이 하나뿐이라 살림살이가 늘 때마다 집이 팽팽하게 부푼 우유갑처럼 느껴졌다. 둘 다 책이 많았다. 책은 어떤 짐보다도 자리를 크게 차지했고 처치하기도 곤란했다. 책을 버려야 해. 해오는 거실에 쌓인 책을 노려보며 늘 선언했다. 그러나 책을 이고 사는 사람들이 그렇듯 말일 뿐이었고 막상 버리진 못했다. 공간이 몹시 부족했지만 그래도 저렴한 보증금과 월세로 얻을 수 있는 최선의 집이었다.

한번은 해오가 차라리 방이 하나라도 더 있는 투룸짜리 빌라를 알아보자고 했다.

"아파트가 아니면 우리 돈으로도 얻을 수 있지 않을까?"

해오는 몇 날 며칠 인터넷으로 부동산 매물을 뒤졌다. 여기는 어때? 해오는 괜찮아 보이는 매물을 발견할 때마다 당장이라도 살고 있던 아파트를 떠나고 싶은 듯했다. 해오의 성화에 두 사람은 날을 잡아 부동산에 갔고, 중개인이 보여주는 집에 들어설 때마다 실망했다. 세 군데를 보았는데 한 곳은 사진을 어떻게 보정한 건지 실제로는 사기 수준으로 낡았고, 한 곳은 살던 곳에 비해 크게 넓지도 않으면서 보증금이 훨씬 비쌌다. 마지막으로 간 곳은 집은 넓었는데 들어서자마자 텁텁한 냄새가 났다. 창문을 한 번도 열지 않은 집 같았다. 그런 냄새야 환기를 하면 몰아낼 수 있겠지만 왠지 찝찝했다. 집으로 돌아오면서 우진은 해오에게 말했다. 우리 집이 더 좋아지지 않아? 나는 그런데. 우진의 말에 해오는 크게 동의하며 웃었다. 나, 이제 이사 가자고 안 할게. 우리 집이 갑자기 좋아지네. 우진은 해오의 손을 잡고 말했다.

"여기서 살 때까지는 살아보자."

그랬었는데. 그렇게 다시 애정을 가지고 구축 아파트에서 살기 시작했는데, 해오만이 아니라 우진 역시 당장 짐 싸 들고 이사 가고 싶은 일이 생겼다. 그때를 생각하면 스산한 감촉이 아직 살갗에 남아 있는 것 같았은 또 어찌할 텐가.

"냄새가 심한 것도 아니잖아. 가만히 있다 보면 사라지기도 하고."

"하지만 나긴 나잖아. 확실히 어떤 냄새가 있잖아. 분명 너도 맡았잖아. 같은 냄새를."

"우린 쥐 나온 곳에서도 지냈잖아. 그거에 비하면 여긴 호텔이지."

실패한 농담이었다. 오히려 해오를 자극했다. 해오는 그때는 냄새를 맡지 못해서 불안했다고 회상했다. 쥐가 배수구를 갉아 먹는데 소리도, 냄새도 없었다. 조금의 기척도 없이 쥐가 다녀갔다. 느낌으로만 남게 되는 불안이 징그러웠다. 그런데 지금은……. 한참 말이 없다가 해오는 다시 말했다.

"쥐가 나왔을 때보다 더 무서워. 그땐 그래도 문제가 뭔지 알았어. 그런데 지금은? 냄새가 난다는 건 분명 뭔가가 있는 거야. 그런데도 우린 아무것도 모르잖아. 그 원인을 모른다는 게 자기는 안 무서워?"

당연히 우진도 찜찜했다. 하지만 이사는 아무리 생각해도 무리한 방법이었다. 적절한 해결책이 될 수 없었다.

"우리 코가 이상한 건 아닐까?"

우진의 말에 해오는 입술을 앙다물며 우진을 빤히 보았다. 해오의 눈초리가 자기를 이상하게 보는 건가 싶었는데 곧 해오가 심각한 표정으로 읊조렸다.

"그런가……."

말이 안 되지는 않는다고 해오는 생각했다. 코로나19

감염병이 한창 유행하던 시기에 후각을 잃었다고 후유증을 호소하는 사람이 많았다. 극심한 독감을 앓아도 그럴 수 있다 했다. 냄새를 왜곡해서 맡는 경우도 있다고 들었다. 하지만 두 사람은 열이 나지도 않았고 아프지도 않았다. 무증상인 경우도 있으니 약국에서 자가진단 키트를 사 와서 검사를 해보았다. 코로나는 아니었다. 무엇보다 둘은 냄새도 구분해서 잘 맡았다.

이건 무슨 냄새게? 서로 눈을 가린 상대에게 물었다. 우진이 눈을 감은 해오의 코밑에 딸기우유를 가져다 대며 물었다. 그러면 해오는 대답했다. 딸기우유. 우진이 콜라를 내밀며 물으면 해오는 대답했다. 콜라. 이번에는 해오가 눈을 감은 우진의 코에 귤을 가져다 대며 물었다. 무슨 냄새? 우진이 대답했다. 귤. 사과를 내밀면 사과 냄새가 난다고 말했다.

두 사람은 좀 더 확실히 하기 위해서 병원에도 함께 다녀왔다. 아무 이상이 없었다. 감기도 독감도 아니었고, 후각에도 아무 문제가 없었다. 그러니까 집, 집이 문제였다.

우진은 해오가 걱정됐다. 자신도 신경이 곤두서긴 했지만 해오의 불안 증세는 나날이 심해졌다. 해오는 잠도 자지 못했다. 쥐가 나온 집에서도 사흘 정도 못 자다 이후론 곯아떨어졌는데 지금은 달랐다. 해오가 잠을 제대로 자지 못한 지 한 달이 되어갔다.

주말 오전, 우진이 거실에 나왔을 때 해오는 식탁 앞

에 앉아 있었다. 일찍 일어난 건지 아예 잠을 자지 못한 건지 알 수 없었다. 해오가 좋아하는 새우 파스타를 만들어줘야겠다, 마늘과 버터를 듬뿍 넣고. 우진은 파스타를 입안에 한 움큼 넣고 기뻐하는 해오의 얼굴을 떠올리며 생각했다. 우진은 냉동실에서 새우를 꺼냈고, 조리대 위에 키친타월을 깔았다. 물에 헹군 냉동새우를 키친타월 위에 올려두고, 마늘과 양파를 썰었다. 해오는 그런 우진의 모습을 가만히 지켜보다 말했다.

"나 알겠어. 이게 무슨 냄새인지."

궁금하다는 얼굴로 우진은 해오를 바라보았다. 파스타면을 삶을 냄비에 물을 받으면서. 해오는 조용했다. 우진은 해오의 말을 기다리며 가스레인지 위에 냄비를 올렸다. 잠시 후 해오가 입을 열었다. 이어지는 해오의 말에 우진은 가슴이 철렁 내려앉았다. 해오는 괴상한 소리를 했다. "죄책감의 냄새야. 우리 두 사람의"라고.

우진은 해오가 이상해진 것이 아닌가, 정신적으로 뭔가 이상이 오고 만 것은 아닌가, 긴장했다. 아니야, 그럴 리 없어. 해오는 잠깐 피곤한 거야. 지치고 피곤해서 몽롱해진 거야. 우진은 속으로 생각하며 침착한 태도를 유지하려고 애썼다.

"그게 무슨 말이야?"

농담을 들은 것처럼 우진은 가볍게 대꾸했다. 하지만 해오가 늘어놓는 말을 들을수록 우진은 평정심을 유지할 수가 없었다. 그래서…… 한 번도 그런 적이 없었는데…… 자신은 결코 해오를 향해 그럴 리는 없으리라고 생각했는데. 해오의 말을 끊고 소리를 지르고 말았다.

해오는 제정신이냐고 소리치는 우진을 멍한 눈으로 바라보았다. 놀라서 말을 멈추는가 싶더니, 이어서 말을 계속했다. 우진은 제발 그만하라고 다시 소리치고 싶었다. 하지만 목소리가 나오지 않았다. 해오의 어깨를 꼭 끌어안고 진정시키고 싶었다. 해오를 자신이 아는 해오로 되돌리고 싶었다. 하지만 우진은 제자리에 멈춰 선 채 해오에게 다가가지 못했다. 물이 끓고, 냄비에 덮어놓았던 뚜껑이 요란하게 들썩였다.

해오는 이 냄새가 죄책감의 냄새라고 주장했다. 이해할 수 없는 냄새가 나서 계속 생각했지. 분명히 있다. 분명. 품고 있는 뭔가가, 썩고 곪은 무언가가 집에 있다. 집에서는 아무리 뒤져도 찾을 수가 없었잖아? 그래서 또 고민했어. 집에서 우리가 의심하지 않은 것이 무엇이 있지? 하나밖에 없더라고. 우리. 우리 자신.

진심으로 하는 말이었다. 우진은 엉엉 소리 내어 울고 싶었다.

"어떻게 잊고 살 수가 있었을까. 우리 둘은."

해오는 잊은 적이 없지만 잊고 살았다고 표현했다. 살면서 문득 때때로 그 일이 떠오르곤 했다. 계란의 사육 번호와 가격을 신중하게 비교하던 도중에, 딸기케이크 가장자리의 생크림을 포크로 훑던 도중에, 우진의 팔짱을 끼고 벚꽃이 만개한 밤거리를 걷던 도중에, 엘리베이터 닫힘 버튼을 누르던 순간에…… 아주 갑자기,

파도처럼 슬픔이 훅 밀려왔다가 어딘지도 모르는 곳으로 쓸려가곤 했다. 가끔. 잠깐잠깐씩. 하지만 그것은 잊은 것이나 다름없지 않을까. 그런 정도로 잊지 않았다고 말할 수 있는 걸까. 해오는 고개를 저었다.

해오가 말하는 것은 8년 전의 일이었다. 우리가 아닌, 다른 사람들에게 일어난 일.

소문난 맛집이었다. 노포들이 모여 있는 좁은 골목 끝자락에 위치한 떡볶이집이었다. 원래 유명한 곳이긴 했는데 방송을 탄 이후론 웬만해서 가기 어려웠다. 추운 겨울, 사람들이 덜덜 떨며 열리지도 않은 가게 앞에서부터 골목 밖까지 늘어뜨린 줄이 뉴스에 나올 정도였다. 무슨 떡볶이를 그렇게까지 기다려서 먹느냐는 사람들도 많았지만 기다릴 사람은 기다렸다. 젊은층에서는 떡볶이를 먹기 위해 새벽부터 기다리는 것 자체가 하나의 놀이가 되었고, SNS에는 기다림이 아깝지 않았다는 후기가 줄을 이었다.

8년 전 겨울, 우진과 해오도 그 줄에 섰다. 두 사람은 맛집이라면 한 시간이고 두 시간이고 기다릴 수 있는 유형에 속했다. 데이트의 대부분은 공들여 찾은 맛집 앞에서 손을 꼭 잡고 기다리며, 다음에 갈 맛집을 찾아보는 것이었다. 떡볶이집 앞에 텐트를 치고 밤을 새는 사람도 있었는데 그렇게까진 무리였다. 그 정돈 아니어도 우진과 해오는 상당히 이른 시간에 만났다. 아침 일곱 시만 돼도 못 들어간대. 해오의 말에 두 사람은 새벽 여섯 시가 조금 넘어 떡볶이집 앞에 도착했다. 충분히 일찍 온 것이라 생각했는데 막상 도착하니 이미 줄은 건물을 둘러 골목 밖으로 빠져나가고 있었다. "괜찮을까? 우리 먹을 수 있겠지?" 해오의 말에 우진은 "그래도 여기까진 괜찮지 않을까?" 대답했다.

몹시 추웠다. 핫팩까지 챙겨 왔지만 칼바람을 장시간 맞고 서 있기엔 소용이 없었다. 그래도 우진과 해오는 즐거웠다. 빨개진 양쪽 귀를 서로의 털장갑으로 덮어주고, 숨이 컥 막힐 만큼 힘주어 껴안고 있다가, 콧물이 나오면 서로의 장갑으로 콧물을 훔쳐주었다. 나 이제 발가락에 감각이 없어. 해오가 말했다. 나는 이미 오래전에 사망. 우진이 말했다. 둘은 그래도 재밌다며 킥킥 웃었다.

영업은 열 시부터였다. 열 시까지 꼼짝없이 기다려야 하나 싶었는데 아홉 시쯤 한 남자가 종이를 들고 나와 줄 선 사람들을 헤아리기 시작했다. 번호표는 따로 없었고, 앞에서부터 사람들의 수를 세고 수기로 명단을 적었다. 여긴 두 시쯤 오세요, 이름 핸드폰 번호는요? 하는 남자의 소리가 저 앞에서 들리기 시작하자 우진과 해오는 설렜다. 곧 두 사람의 앞에 선 사람들까지 입장 시간을 확인받았다. 종이를 든 남자는 그다음 순서인 우진과 해오를 보았다. 기대하는 눈으로 이름을 말하려는 우진에게 남자가 말했다.

"죄송해요. 여기부터는 이제 재료 소진으로 받을 수

가 없어요. 정말 죄송합니다."

남자는 고개를 꾸벅 숙였다. 곧 우진과 해오 뒤에 선 사람들을 향해 외쳤다. "죄송합니다! 오늘 예약은 끝났습니다! 죄송합니다!"

해오는 우진이 그렇게 화를 내는 모습을 본 적이 없었다. "열받네, 진짜." 해오도 화가 나긴 했다. 어쩔 수 없는 일이었지만 화가 나는 것도 어쩔 수 없었다. 어쩔 수 없는 걸 알아도 보상받지 못한 시간이, 추위에 떨었던 시간이 억울했다.

"아니, 새벽부터 이렇게 줄 서는 거 뻔히 알면 가게에서 뭐 어떻게 해야 하는 거 아냐? 더 일찍부터 번호표를 주든가." 가게 시스템을 운운하며 우진은 성질을 냈다. 그런 우진을 보며 해오는 잠깐 대학 시절의 우진을 떠올렸다. 그리고 화를 쏟아내는 우진의 얼굴이 쓸쓸하게 다가왔다. 그때와 지금의 우진의 얼굴 가운데 낯선 쪽은 어느 쪽일까. 해오는 그런 생각을 하며 우진에게 맞장구를 쳤다. "아, 어이없어. 정말 짜증 나." 해오는 고개를 끄덕였다.

우진과 해오는 화를 삭이며 다른 가게를 찾았다. 이 시간에 연 곳이 있는지 모르겠다면서도 우진은 재빨리 언 손으로 맛집을 검색했다. 두 사람은 인근에 있는 한 우동집에 들어갔다. 면발이 통통한 우동은 뜨끈했고 두 사람의 몸을 금세 녹여주었다.

그날 우진과 해오의 대화는 단연 떡볶이집에 대한 것이었다. 떡볶이가 다 거기서 거기지, 더러워서 안 먹어,

다신 거기 가나 봐라, 우진은 화를 냈다가도, 우리 다음엔 한 시간 더 일찍 가볼까? 하는 해오의 말에 그럴까, 고개를 끄덕였다. 내가 텐트 치고 잔다, 하며.

아, 너무해. 하필이면 딱! 해오는 어떻게 딱 그럴 수가 있냐고, 몇 사람 앞도 아니고 바로 우리한테서 딱 끊겼냐고 거듭 말했다. 얼었던 몸이 다 녹고, 배를 채우고 나자 해오와 우진은 이 일도 훗날엔 추억이 될 거라고 이야기했다.

이후로 이어진 그날의 데이트는 즐거웠다. 오랜만에 본 영화는 기대 이상으로 좋았고, 길거리에서 김이 모락모락 나는 붕어빵과 땅콩빵을 사서 서로의 입에 넣어주며 모텔로 갔다. 언제 얼어붙었는가 싶게 둘의 몸은 따듯했다.

다른 날들의 무수한 데이트가 그렇게 세세히 기억나는 것은 아니었다. 데이트는 비슷하고 반복되니까. 시간이 지나고 만나는 날들이 쌓이면 그날이 그날 같게 되니까. 그래도 어떤 냄새나 기억이 스칠 때, 그때 그거 기억나? 한쪽이 물으면 아, 그때 좋았지, 재밌었지, 한쪽이 대답하며 즐거워할 수 있었다. 어렴풋한 잔상과 기분만 남아도 그럴 수 있다. 그런 정도로도 우리는 지난 시간을 불러올 수 있었다.

그런데 8년이나 지났어도 해오는 그날의 데이트에서 우진과 함께했던 모든 것이 기억났다. 냄새까지 선명했다. 마른 낙엽들을 태우는 것 같은 추운 겨울 냄새, 영화관의 묵은 먼지 냄새, 붕어빵 속 커스터드 크림과 팥

공현진

의 냄새, 뜨겁고 새큼한 살냄새……. 우진과 해오는 영화관에서 핸드폰을 꺼놓았다. 영화관을 나와서도 핸드폰을 확인하지 않았다. 두 사람은 행복에 젖어 서로에게만 집중했고, 들뜨고 부푼 시간을 함께 보냈다.

그래서 한참이 지나고 나서야 소식을 접하게 되었다. 밤이 되어 해오는 핸드폰 전원을 켰고, 우진은 모텔 벽에 붙은 티브이를 켰다. 해오와 우진은 핸드폰과 티브이 리모컨을 든 채 놀란 얼굴로 동시에 서로를 보았다. 티브이에서는 속보가 흘러나왔고, 인터넷 포털 메인도 같은 내용의 뉴스로 도배되어 있었다. 해오는 그날 먹었던 것들을 침대 위로 다 쏟아냈다. 굵은 우동 면발과 붕어빵과 땅콩빵과 팝콘과 콜라와…… 우진과 나누었던 사랑과…… 웃음과 욕설까지 뒤섞여 끈적한 점액으로 쏟아졌다. 지독한 냄새가 났다. 우진은 얼굴이 일그러진 채 느린 손길로 해오의 등에 손을 얹었다. 하지만 해오의 등을 쓰다듬기도 전에 우진은 손이 굳었고 화장실로 뛰쳐 갔다.

해오는 지금도 믿기지 않았다. 이해되지 않았다.

사고가 그렇게 한순간에 일어날 수 있다니. 건물이 그렇게 순식간에 무너질 수 있다니. 사람들이 식사를 다 마치기도 전에, 주문한 음식이 나오기도 전에.

맛집으로 소문난 곳, 사람들이 새벽부터 줄을 서며 기다려 화제가 된 곳, 우진과 해오가 들어가지 못한 곳. 간발의 차이로 돌아서야 했던 곳. 딱 바로 앞에서. 그곳이 갑자기 무너졌다. 상가 건물은 붕괴할 조짐을 진즉부터 보였다. 건물 외벽과 내벽 곳곳에 간 균열, 갈라진 바닥, 기울어진 천장에서 이따금 떨어진 타일……. 인터뷰를 하는 사람들마다 이미 예상된 일이었다며 목소리를 높였다. 그냥 오래된 상가니까 다들 그러려니 한 거죠. 안전 점검의 중요성을 뉴스는 강조했다. 제가 몇 번이나 민원을 넣었다고요. 인근 주민이 화면에 등장했다. 애초에 부실 공사로 지어진 건물이었다는 진단도 사고 원인으로 지목되었다.

"죄책감이라니. 우리가 뭘 잘못했는데."

우진은 날카롭게 반응했다. 우진에게도 그때의 사고는 큰 충격을 가져왔다. 그럴 수밖에. 한동안 다른 일에 집중하기도 어려웠고 사고 관련 소식만 찾아보았다. 뉴스를 보고 있으면 눈물이 줄줄 흘렀다. 안타까웠고 무척 슬펐다. 그러면서도 안도했다. 기적이라는 게 있구나.

우진과 해오는 우리가 살아서 다행이라는 말은 입 밖으로 꺼내지 않았지만, 차마 그런 말은 할 수 없었지만, 그 마음을 공유했다. 서로의 눈과 다문 입술을 보면 알 수 있었다. 우리는 살았구나, 하는 마음. 살았다. 살았다. 어떻게, 천만다행으로, 기적적으로, 우리는 살 수 있었다.

그 일이 일어난 후에 한동안 우진과 해오의 대화는 번번이 침묵에 갇혔다. 다른 이야기를 하다가도 갑자기 말문이 닫혔고, 서로의 눈동자를 열렬히 바라보았다.

무슨 생각을 하느냐고 묻지 않았다. 묻지 않아도 알 수 있었다.

그렇게 갑자기 죽음을 맞은 이들을 생각하면 참담했다. 하지만 그 사고를 가리켜 우리가 죄책감을 가져야 한다고 말하는 것에는 우진은 동의할 수 없었다.

"우리는 빚을 진 거야. 그날."

해오가 단호하게 말했다.

"무슨 빚을 져. 우리는 그 사람들 알지도 못해. 안타까운 사고가 일어났고 우리는 그 사고를 피했을 뿐이야."

"그럼 책임이 없어?"

해오는 우리가 살아남은 것은 잘못이 아니지만 그래도 우리에게 빚이 있다고 말했다. 그 건물 안에 들어가 있는 것이 우리였을 수도 있다는 사실. 그것이 우진에게는 기적으로 다가왔는데 해오에게는 우리가 대신 살았고 누군가 대신 죽었다는 부채감으로 해석되었다.

"게다가…… 이제 우리는 그 일에 대해 이야기를 하지도 않잖아."

해오가 말했다. 맙소사. 우진은 고개를 저었다. 슬픈 얼굴로 해오의 두 손을 잡았다.

"해오야…… 그 이야기를 계속하면서 살 수는 없어."

"아니야. 그랬어야 했어."

우진이 모르는 얼굴로, 모르는 모습으로 해오가 대답했다.

그 냄새 기억나지 않아? 해오는 오래전 모텔에 쏟아 놓았던 토사물의 냄새를 말했다. 해오의 말은 말이 되지 않고 망상이라고 우진은 생각했다. 그래서 냄새의 원인을 찾으려고 더욱 애썼다. 애쓰면 애쓸수록 냄새의 방향을 찾을 수 없었고, 냄새를 의식하려고 할수록 냄새는 사라졌다. 하지만 밖에서 집으로 돌아오면 냄새가 점점 강해졌다. 냄새를 맡지 못하다가도 화장실 손잡이를 돌릴 때, 부엌 창문을 열려 할 때, 밥솥을 열었을 때, 급작스럽게 냄새가 콧속을 후비고 들어왔다.

아직도 모르겠어? 이 냄새는 우리 둘한테서 나는 거야. 우리 몸과 같은 거고, 살과 같은 거야. 우리가 우리 냄새에 너무 익숙해져서 못 맡다가도, 밖에 다녀오면 냄새를 맡잖아. 아주 잠깐이지만. 우리가 잠깐 우리를 떠나는 순간, 이 냄새를 맡는 거야. 해오는 태연하게 말했다. 내가 맡는 이 냄새를 왜 너는 맡지 못하는 거야? 해오는 속상하다고 덧붙였지만 정말 속상한 게 누군지 모르겠다고, 우진은 타들어가는 심정으로 생각했다. 우진은 해오와 같은 냄새 속에 있고 싶었다. 하지만 있지도 않은 냄새 속에 함께 있을 수는 없었다.

해오는 잠을 잘 자기 시작했고, 냄새가 휙 스쳐도 불안해하지 않았다. 잠을 못 이루게 된 것은 우진이었다. 우진은 이 정체불명의 냄새가 해오를 병들게 만들었다고 생각했다. 해오를 정상으로 되돌려야 한다는 생각뿐이었다. 우진은 해오와 계란을 고르면서 주고받았던 대화들이 사무치게 그리웠다. 그 시간으로 돌아가고 싶었다. 계란을 고르면서 갖는 죄책감. 딱 그 정도면 족했다. 해오의 병증에 윤리적 책임이라는 이름을 붙인다면, 우진이 생각하는 정상적인 범위의 죄책감은 딱 그 정도였다.

우리는 모르는 냄새를 알 수 없다. 모르니까. 우진은 그것이 우리 신체의 정상적 반응이라는 사실을 새삼 깨달았다. 그런데 왜. 우리가 맡은 적 없는 냄새를, 경험을 넘어서. 어디에서. 해오는 지금 어디서 어떤 냄새를 맡고 있을까. 어디에 가 있는 것일까.

우진은 이제 여기에선 살 수가 없다고 느꼈다. 해오를 더 멀리 가게 내버려둘 수는 없었다. 어떻게든 이사를 가야 했다. 더 작은 집으로 가더라도. 지금보다 형편없는 수준의 집으로 내몰리더라도. 이사 갈 준비를 해야 했다.

"우리 이사 가자."

진지하게 말하는 우진을 보며 해오는 빙긋 웃었다. 아이처럼 해사한 웃음. 우진이 사랑하는 천진한 얼굴. 그 얼굴로 해오는 고개를 저었다. 하지만 우진은 해오의 얼굴이 더없이 낯설게 느껴졌다. 해오는 이사 갈 마음이 사라졌다고 대답했다.

"이제야 어떻게 살면 되는지, 살아야 하는지 알겠어."

해오가 말했고, 우진은 다시 알 수 없는 그 냄새를 맡기 시작했다.

작가노트

'그런데'로 이어지는 질문들

이야기는 '이상한 냄새'로부터 출발했다.

나는 정말로 이상한 냄새를 맡았다. 밖에 나갔다가 집으로 들어오면서. 뭔가 희미하게 '모르는' 냄새가 났다. 밖에 나가기 전, 집에 있을 때만 해도 맡지 못했던 냄새였다. 이게 무슨 냄새지? 좋은 냄새는 아니었다. 디퓨저나 꽃향기나 빵 냄새 같은 것이었다면 냄새의 정체를 찾아 헤매진 않았을 것이다. 비릿한 냄새가 코끝을 스쳤다. 그런데 한참 쫓아봐도 무슨 냄새인지 알 수가 없었다. 음식물 냄새인가. 쓰레기통에서 나는 냄새인가. 화분에서 나는 냄새인가. 아니면 화장실에서?

냄새는 아주 희미했고 코를 잠깐 스쳤다가 사라졌다. 냄새가 사라졌나 싶어 찾기를 그만

두고 다른 일을 했다. 그러다 스윽 다시 나타나는 냄새. 코에 집중하니 또 냄새를 맡을 수 있었는데 그러다가도 냄새가 나지 않는 것 같았다.

결국 이상한 냄새의 정체를 찾고자 했는데 찾지 못했다. 그 까닭을 나는 이렇게 결론 내렸다. 무슨 냄새인지 모르기 때문에. 모르니까.

그리고 나는 불안했다.

청소를 하고 활짝 창문을 열어 한참 환기를 하고 나니 알 수 없는 '그 냄새'가 더는 나지 않는 것 같았다. 나지 않았다. 하루가 지나도 일주일이 지나도. 정체불명의 냄새는 사라졌다. 나는 지금도 그 냄새의 정체가 무엇이었는지 알지 못한다. 이상한 냄새가 사라져서 다행이라고 생각할 뿐이다.

여기까지는 흔한 장면이라고 생각한다. 지극히 일상적이고 평범한 풍경의 하나라고 생각한다. 어떤 냄새가 나긴 나는데 대체 무슨 냄새인지 모르는 경우를 나만 경험한 것은 아닐 것이다.

냄새와 관련된 소설을 쓰려 했을 때, 나는 "이게 무슨 냄새지?" 쿵쾅거리며 집 안으로 들어섰던 그 일상적인 순간이 떠올랐다. 나는 몇 개의 질문을 더 이었다. '그런데'로 이어지

공현진

는 질문을.

 그런데 정말 그 냄새가 사라진 걸까? 냄새의 정체가 무언지 영영 알아내지 못했는데? 냄새가 숨어 있는 것은 아닐까? 발견하지 못한 냄새에 대해 사라졌다고 말할 수 있는 걸까?

 무슨 냄새인지 모르면 그 냄새가 무엇인지 알 수 없다는 것은 말장난 같지만, 말장난만은 아니다. 정말 그렇다. 우리는 모르는 냄새를 정확히 맡을 수 없다. 경험의 영역을 벗어나고 넘어서는 냄새를 어떻게 알 수 있겠는가.

 "이게 무슨 냄새지?"라는 말은 일상에서 꽤 많이 쓴다. 익숙한 문장이다. 냄새만큼 분명하지 않은 것이 없기 때문이 아닌가 싶기도 하다. 냄새는 시각으로 보이는 것이 아니다. 빨간 장화는 다른 사람에게 빨간 장화라고 확인받지 않아도, '대개' 빨간 장화이다. 하지만 냄새는 수수께끼 속에 있다. 달콤한 냄새, 고소한 냄새, 무언가 타는 냄새, 시큼한 냄새⋯⋯가 우리를 지나갈 때 우리는 서로 이야기한다.
 이게 무슨 냄새지?
 그리고 서로의 확인 속에서 냄새의 정체를 결정한다. 빵을 굽는 냄새가, 버터 냄새가, 비 냄새가, 오렌지 냄새가 난다고. 정말 그렇다고.

그런데……

우리가 같은 냄새를 맡는 것은 맞을까? 어떻게 그렇다고 확신할 수 있을까?

○

냄새는 보이지 않는다. 가시의 세계에 있지 않기에 냄새는 매혹적이면서도 두려운 대상이 되기도 한다. 사랑이 되기도 하고, 슬픔이 되기도 한다. 어떤 냄새는 향기로 닿을 수도 있고, 또 어떤 냄새는 악취로 퍼질 수도 있다. 누군가에게는 감미롭고 향기로운 냄새로 다가와도 누군가에게는 그렇지 않을 수 있다. 모두에게 의미 없이 지나가며 휘발되는 냄새가 누군가에게는 진한 추억을 불러오는 냄새가 될 수도 있다. 반대로 고통스러운 기억을 불러오는 냄새가 될 수도 있다. 결코 지울 수 없는, 지워지지 않는 냄새도 있을 것이다. 보이지는 않지만.

냄새는 보이지 않지만 실재한다. 현재에 실재하는 어떤 냄새가, 과거의 한순간으로 나를 순식간에 데려다 놓는다. 어떤 냄새는 과거와 현재를 잇고, 그 냄새로 인해 나는 과거와 현재에 동시에 존재한다.

이토록 매혹적인, 그러면서도 두려운 냄새

에 있어 특별히 뛰어난 후각을 가진 사람들이 있다. 예민한 후각이라고 말하는 것이 더 정확할까? 예민한 감각은 곧 특별한 감각이고, 그렇기에 뛰어난 감각이라고 말하는 것이 틀린 말은 아닌 듯하다. 어쨌든 뛰어나고 예민하고 특별한 '후각'을 가진 이들은 내게 별세계의 사람들처럼 느껴진다. 어쩌면 다른 감각보다도 더욱. 보이지 않는 냄새가 어떤 이들에게는 마치 '보이는 것'처럼 지각된다는 것이, 상상으로도 잘 그려지지 않기 때문에 그 능력은 질투의 영역을 넘어선다. 나로선 선택받은 재능처럼 느껴질 뿐이다.

뛰어난 후각을 가진 이들이 맡는 향의 세계는 가늠할 수도 없는 다른 세계처럼 느껴져서, 마냥 부럽다. 그리고 이런 의식의 흐름. 나의 후각은 지극히 평범한 것 같은데…… 평범하기는 한가……? 환절기면 비염에 시달리는 내가? 혹시 나는 보통의 수준에도 못 미치는 후각을 지니고 있는 것은 아닐까? 의식하지도 못한 채? 그렇다면 나는 더 작은 세계 속에서 살고 있는 것은 아닌가?

과연 후각 기능의 평범한 수준이란 어느 정도를 말하는 것일까. 어느 정도 냄새를 맡고 구분하는 것이 평범의 수준에 이르거나 미치지 못하는 것이고, 또한 평범을 넘어서는 것일까. 시각은 시력검사를 통해 수치로서 대략적인 수준을 가늠한다. 그런데 후각은 '보통'의 경우 그렇지 않다. 우리는 각자가 어떤 냄새를 맡고 있는지 때로는 알지만 때로는 모른다.

그러니까, 우리가 일상에서 비슷한 냄새를 맡고 있다고 착각하지만 실제로는 그렇지 않을 수 있다는 생각이 들었다. 꽃 냄새라고, 수영장 냄새라고, 화장실 냄새라고, 오줌과 똥 냄새, 고기를 굽는 냄새, 찐 고구마 냄새, 밥 냄새……가 난다고 누군가 말하면 정말 그런 냄새가 난다고 다른 누군가 말한다. 그러나 그런 대화를 주고받으면서도, 우리는 사실 각자 다른 냄새를 맡는 것일 수도 있지 않을까.

내가 맡고 있는 냄새를 네가 지금 비슷하게 맡고 있을까. 네가 맡고 있는 냄새를 나는 못 맡고 있는 것이 아닐까.

우리가 같은 냄새 속에 있지 않을 수 있다는 사실이 문득 아득하게 느껴졌다.

막연하게, 그러니까 넘겨짚어서, 내가 느끼는 것을 네가 함께 느낀다고 여겼는데, 그렇지 않을 수도 있었다.

공현진

○

 내가 맡는 냄새를 너는 왜 맡지 못하는 것일까. 어디에선가 나는 냄새를, 왜 가끔은 맡고 가끔은 맡지 못하는 것일까. 분명 존재하는데. 마치 없는 것처럼. 냄새는 왜 홀연히 사라졌다가 다시 내게로 오는 것일까. 그런 질문들을 좇다 보면 불안하기도 했고, 슬프기도 했다. 사라지는 것처럼 여겨지는 순간에도 결코 사라지지 않는 존재들과 닮은 것처럼 느껴졌다.

 이게 대체 무슨 일이지?
 이해되지 않는 냄새처럼, 내게 어떤 사고들은 영영 이해가 되지 않는다.
 사전에 예방되었어야 할 사고들을 마주하면 참담하다. 일어나지 않았어야 할 사고들. 어떻게 한결같이 반복되는 것일까. 사고의 징후가 있었다고. 사전에 안전 문제를 지적받았다고. 다른 뉴스에서 같은 말을 본다.
 사고가 일어나고, 사람이 죽는 것이, 영영 이해되지 않는다. 사람이 죽는데도 사고가 일어나도록 두는 것이.

○

나는 냄새를 쫓았다.

이게 대체 무슨 냄새일까 쫓는 동안 나는 불안하다. 불안을 느끼는 동안 냄새는 사라지지 않고 이해되지 않는다. 결코 사라지지 않는 불안의 냄새를 나는 쓰기 시작했다.

공현진

김희선

2011년 《작가세계》 신인상에 단편소설 「교육의 탄생」이 당선되며 등단했다. 소설집 『라면의 황제』 『골든 에이지』 『빛과 영원의 시계방』, 장편소설 『무한의 책』 『죽음이 너희를 갈라놓을 때까지』 『무언가 위험한 것이 온다』 『247의 모든 것』을 냈으며, 산문집 『밤의 약국』 『너는 미스터리가 읽고 싶다』를 썼다. SF어워드, 젊은작가상, 허균문학작가상, 대산문학상을 수상했다.

뮤른을 찾아서

나지막한 풀이 이리저리 바람에 흔들리는 초원은, 끝없이 넓고 부드럽고 푹신하다. 대기는 온통 초본식물의 풍성한 향으로 가득하고 짙은 군청색 하늘은 별들로 뒤덮여 있다. 멀리 지평선 끝에 어떤 불빛이 보인다. 왠지 그쪽으로 서둘러 가야만 할 것 같은 마음에, 빠르게 걷기 시작한다.

 얼마나 걸었을까, 갑자기 발 아래서부터 땅이 꺼져든다. 마치 지상 수십 미터 아래 거대한 공동이 있고, 땅과 흙과 바위, 드러난 풀뿌리나 온갖 곤충, 작은 들짐승들이 모두 한꺼번에 그 구멍을 향해 추락하는 듯. 나는 뒷걸음질 치며 뭔가를 붙든다. 덩굴식물의 줄기다. 그러나 소용없다. 땅은 빠르게 가라앉고 이제 곧 나마저도 깊은 어둠에 빠져들 참이다. 뭐라고 외쳐보지만, 그것은 소리가 되어 입 밖으로 나오지 않는다. 결국 나는,

덩굴식물의 줄기를 놓치고 아래로, 아래로 떨어져 내린다. 그러면서도 계속해서 중얼거린다. 괜찮아. 이건 꿈이잖아.

눈을 뜨고 나서는 한참 동안 가만히 앉아 있었다. 이제는 찾아가야 하지 않을까. 머릿속엔 한 가지 생각뿐이었다. 언제나 꿈에서는 그 색깔이 뭔지 깨닫는다. 그러나 깨어나면 그 색깔을 잃고 만다. 입에서만 맴도는 이름처럼 그 색은 이곳에 없다. 이곳만이 아니라 지구 전체, 어쩌면 우주 전체에도 그 색은 없을 것이다. 처음부터 없었던 건지—그런데 나의 꿈에서만 나타나는 건지—아니면 **그날** 이후 사라진 건지도 알 수 없다. 중요한 건, 그저 없다는 사실뿐이다.

의사는 내 눈에 아무 문제가 없다고 했다. "아마도 신경성 색각이상일 가능성이 큽니다." 그는 모니터를 보여주며 설명했다. "그러니까 눈 자체의 문제가 아니라 일종의 인지 장애라고 보면 되겠지요. 어떤 이유로 뉴런과 뉴런 사이의 전도가 뒤엉키면, 없는 걸 보거나 듣거나 맡았다고 여길 수 있는데, 지금 같은 경우엔 그 반대의 과정이 일어난 거라고 할까요." 잠시 뭔가를 입력하던 의사가 퍼뜩 생각났다는 듯 고개를 들었다. "그러고 보니, 최근 이런 비슷한 증세를 호소하는 사람들이 몇 명 다녀가긴 했네요. 뭐, 그렇다고 해서 역학적으로 유의미한 증가세를 보였다는 건 아니지만 말입니다. 그나저나, 어떻게 할까요? 원한다면 신경과에 진료의뢰서를 써줄 순 있어요."

 나는 됐다고 대답하고는 병원을 나왔다. 신경과에 가 봤자 아무 의미 없다는 것은 알고 있었다. 이미 다녀온 뒤였으니까. 주머니에 손을 찌른 채 주차장으로 가는데, 뒤에서 누군가가 어깨를 잡았다. 깜짝 놀라 돌아보니, 의사였다. 그는 왠지 초조해 보이는 낯빛이었다. "무슨 일인가요?" 내가 묻자, 잠시 망설이던 그가 입을 열었다. "아무래도 얘기해주는 게 나을 것 같아서 이렇게 따라 나왔습니다. 사실은……." 그때 저쪽에서 주차관리원이 다가오는 걸 보더니, 그가 서둘러 말을 이어갔다. "……분명 그 초거대 입자가속기와 연관돼 있어요. 이 모든 현상이 말입니다. 여기 이 도시에서만 일어나는 일도 아니에요. 지구 전체에서 비슷한 일들이 일어나고 있는데, 아무도 인정하지 않을 뿐이죠. 정부도 이 일은 쉬쉬하고 있어요. 적어도 내가 느끼기엔 그렇습니다. 왜냐고요? 생각해보세요. 그날 이후 색깔이 사라졌다? 그런데 그 색깔이 뭔지 아무도 모른다? 그게 사실이든 아니든, 공론화되는 순간 세상은 혼란에 휩싸일 겁니다. 사람들은 두려워할 테고, 불안은 전염병처럼 번져나가겠죠. 아니, 그보다도 말입니다, 잃어버린 색깔이 뭔지를 모르는데, 무슨 대책을 세울 수 있겠어요? 그러니까 내 말은 이겁니다. 정말로 이 세상에서 어떤 색깔이 사라졌는데 그걸 당신 같은 사람들만 눈치챈 건지, 아니면…… 당신들이 그저 색깔이 사라졌다는 망상에 사로잡혀 있는 건지, 아무도 모른다는 거지요. 하여

뮤른을 찾아서

간 이 사람을 찾아보세요. 그동안 나도 나름대로 연구해봤는데—의사라면 환자가 겪는 증상의 원인을 어떻게든 찾아봐야 하니까요—이 모든 일의 중심에는 언제나 그가 있더군요. 내가 해줄 수 있는 건 이게 전부입니다." 의사는 내 손에 작게 접은 종이를 쥐여주고는 빠르게 자리를 떴다.

차 열쇠를 받아 시동을 걸고, 잠시 가만히 앉아 있었다. 주차관리원은 이미 보이지 않았다. 의사가 건넨 쪽지엔 낯익은 이름이 적혀 있었다.

'김진수.'

하긴, 이 도시에 사는 이라면, 그 이름을 모를 수 없을 테지만.

그리고 그런 의미에서, 그가 내게 답장을 보낸 것은 전혀 예상치 못한 일이기도 했다. 인터뷰를 위해 방문하고 싶다는 내 편지에(섬으로 들어간 뒤 김진수는 휴대폰부터 없애버렸다. 그걸로도 모자랐는지 얼마 후엔 메일 주소까지 삭제했고 말이다. 결국 그와 연락할 수 있는 길은, 사서함을 통해 편지를 쓰는 것뿐이었다. 나는 어색한 기분으로 편지지와 봉투를 샀고, 거기에 그를 꼭 만나보고 싶다는 사연을 한 글자씩 적어 내려가야 했다) 김진수는 열흘쯤 지나 답장을 보내왔다. 발신인의 주소도 없이 그저 '김진수'라고만 적혀 있는 봉투를 여니, 단 한 줄의 간결한 문장이 보였다. 모월 모일 모시 정각, 자기 집 앞에 와서 문을 두드리라는 것.

김진수의 집은, 들은 그대로였다. 숲에 들어섰을 땐

아무것도 보이지 않았고 짙은 안개와 우거진 나무들 사이에는 오직 검은 어둠뿐이었다. "거기 갈 땐 손으로 앞을 휘저으며 가야 해요. 그러지 않으면 자기도 모르게 쿵 부딪힌다니까요. 그만큼, 깜깜하단 뜻이에요." 배에서 내릴 때, 선장은 선실의 조그만 창으로 내다보며 말했다. 그는 내가 배에 탈 때부터 미심쩍다는 표정으로 흘낏흘낏 쳐다보았다. 하긴 그럴 만도 한 게, 누가 대체 저런 작은 배를 타고 이렇게 깊은 섬까지 들어오겠는가 말이다. 물론 김진수가 처음 이 섬으로 들어와 자리를 잡았을 때는, 꽤 많은 사람들이 이런저런 이유로 그를 만나러 찾아왔었다. 그래 봤자 숲속의 검은 어둠 앞에서 더는 한 발짝도 나가지 못한 채 되돌아가고 말았지만. 그는 찾아오는 누구도 만나지 않았고 문을 열거나 밖으로 나오지도 않았다. 그리고 그렇게, 사람들은 서서히 그를 잊어갔다.

김진수의 집이 어둠으로만 존재하는 건, 그가 건물 외관에 독특한 페인트를 칠한 탓이었다. 빛의 99.99퍼센트를 흡수한다는 놀라운 블랙. 덕분에 그의 집은 마치 숲속 어딘가에 숨겨진 미지의 장소 혹은 세상에 열린 비밀의 틈으로 보였다. 누군가가 그 집을 '블랙홀'이라 부르기 시작한 건, 전혀 과장이 아니었다. 실제로 그곳은 숲속에 뚫린 다른 차원으로의 검은 구멍처럼 보였으니까. 건물로 들어가는 입구는, 검디검은 어둠 한가운데 더 검은 어둠으로 서 있었다. 잠시 멈춰 서서 숨을 고른 다음, 나는 쾅쾅 문을 두드렸다. 그러나 인기척은 들리지 않았다. 한 번 더 두드리려다 말고 가만히 기다렸더니, 마침내 안에서 누군가 나왔다. 사진과 영상으로 봐서 익히 아는 얼굴, 김진수였다.

○

생각해보면, 그날, W시 외곽에 구름처럼 모여든 사람들은 다 함께 같은 것을 꿈꿨던 건지도 모른다. 거대한 불기둥이 솟아오르는 것. 모두가 사라지는 것. 기적처럼 정화된 땅에서 새롭고 깨끗한 삶이 싹트는 것. 음모론자들의 말처럼, 초거대 입자가속기가 최초로 작동하는 순간—어떤 알 수 없는 반응이 일어나며—생성된 무수히 많은 미니 블랙홀들이 서로 모여 하나로 합쳐진 끝에 빙빙 돌다가 거대한 블랙홀로 재탄생하는 장면을 상상하면서, 그 검고 어두운 틈으로, 이 지구와 사람들, 그야말로 모든 것이 빨려들어 가는 광경을 두려움 속에서 꿈꾸었던 게 아닐까.

처음에, 지금까지 만들어졌던 그 어떤 것보다도 더 크고 강력한 초거대 입자가속기가 W시에 건설된다는 사실이 알려졌을 때, 도시는 공포에 휩싸였다. 땅속 수십 미터 아래 길이가 100여 킬로미터에 달하는 터널이 생기고, 그 안에서 엄청난 에너지를 띤 입자들이 빛에 근접한 속도로 회전하며 충돌한다니. 그건 떠올리기만 해도 몸서리쳐지는 광경이었다. 음모론자들과 몇몇 과학자들이, 그런 무시무시한 상상에 불을 지폈다. "초거대 입자가속기가 안전하다는 정부와 연구소 측 주장은 믿지 않는 게 나아요." 외국의 어느 대학에서 강의하고 있다는 과학자가 지역뉴스에 나와 말했다. "여기 만들어지는 건, 저기 스위스 제네바에 있는 것과는 비교도 안 될 정도로 훨씬 크니까요. 거기선 아무 일 없었다 해도, 이곳마저 안전하리라 생각하는 건 어불성설이지요. 생각해보라고요. 이 초현실적인 크기와 힘을. 지금까지 우리가 상상조차 할 수 없던 온갖 기괴한 물질 입자들이, 바로 이곳(그러면서 과학자는 발로 땅을 쿵쿵 굴렸다) 지하에서 시도 때도 없이 생성되겠지요. 그 입자들은—말이 '입자'이지, 사실은 입자라고 부를 수도 없을 만큼 작은 것들입니다. 원자가 갈라지고 그 안에서 빠져나온 것들이 갈라지는데, 그것들마저 또 한번 갈라진다고 상상해보세요—아무도 모르는 새 지하터널을 빠져나와 지상으로 스멀스멀 피어오를 겁니다. 우린 그 입자들에 대해 아무것도 모릅니다. 우주 어딘가에 존재할 거라는 수학적 가설 외엔, 어떻게 생겼는지 어떤 작용을 할지, 전혀 알지 못한다는 뜻이죠. 막말로, 그 입자들은 우리 뇌에(이때 과학자는 오른손 검지로 자신의 관자놀이를 쿡쿡 찔렀다) 스며들어 정신이나 인지 기능을 바꿔버릴지도 몰라요. 혹은 세상의 뭔가를 완전히 뒤집어놓을 수도 있지요. 아니, 그런 건 오히려 다행일지도 모릅니다. 만약…… 입자가속기 내부에서 생성된 조그만 블랙홀들이—생기자마자 빠르게 증발되어 그 자체로는 안전하다고 하지만—의문의 입자들과 상호반응하며 서로 합쳐진다면? 그래서 지구를 삼킬 정도의 커다란 블랙홀로 진화한다면?" 잠시 말을 멈춘 과학자가 두 손을 모으더니 기도하는 시늉을 했다. "아아, 정말 상상조차 하기 싫군요. 그래요, 부디 그런 일이 일어나지 않도록 매일 밤 기도하는 수밖에."

그때 청중 가운데 누군가가 손을 들었다. 창백한 얼굴의 중년 남자였다. 그는 머뭇대며 말했다. "그런데요, 선생님, 제가 어디서 듣기로는 블랙홀로 빨려든 건 웜홀을 통과해 화이트홀인가, 뭐 그런 데로 다시 나온다고 하더군요. 맞지요?" 과학자는 한동안 질문자를 쳐다보더니 천천히 고개를 끄덕였다. "경우에 따라선…… 가능하지요. 그래요, 이론적으로는 가능하다고 하는 게 더 나을지도 모르겠군요." 과학자의 대답에 안심한 듯, 중년 남자가 말을 이어갔다. "그렇다면 말입니다, 블랙홀이 생겨도 굳이 걱정할 필요 없는 게 아닌가 해서요. 왜냐하면 우린 다 같이 화이트홀로 나와 아무 일도 없었던 듯 하루하루를 살아갈 테니까요." 그가 자리에 앉자, 과학자는 나지막이 한숨을 내쉬었다. "흠, 사실 그런 문제에는 좀 철학적인 접근이 필요해요. 사고실험을 해보는 게 좋다, 이 말인데요. 누군가가 블랙홀을 통과해서 화이트홀로 나온다면, 그때 그 존재는 이전과 완전히 같다고 할 수 있을까요? 아니, 그 전에 먼저, '같다'라는 건 도대체 무엇을 의미할까요? 우리가 같다고 생각하는 것? 아니면 정말로 같은 것? 같지 않은데도 같다고 믿으면 같은 건가요? 혹은 같은데도 같지 않다고 믿는 경우는요? 또는, 이런 식의 접근은 어떻습니까? 세계는 우리가 믿는 대로 보이는 건지, 아니면 고유의 모습을 지니고 있어서 우리가 그걸 그저 보기만 하는 건지. 이 중에서 무엇이 진실에 가장 가까울까요?" 웅성대는 사람들을 한동안 바라보던 과학자가 문득 자리를 털고 일어섰다. 그는 옷매무새를 가다듬더니, 어깨를 으쓱했다. "하긴, 여기서 이런 이야기를 나눈다는 게 어떤 의미를 가지는지 잘 모르겠군요. 이 세계를 구성하는 무한히 많은 것들 중 뭔가가 하나 사라진다 해도 어차피 아무도 알아차리지 못할 텐데 말입니다."

중요한 것은, 언제나 그렇듯 소수 의견은 곧 묻혔다는 사실이다. 유명한 물리학자들이 앞장서서 안전을 보장했고, W시에서도 입자가속기 건설을 찬성하는 움직임이 서서히 나타났다. 강원도의 작은 도시가 현대 입자물리학의 메카가 된다는 것. 수많은 과학자들과 관련 산업 종사자들이 이곳으로 몰려든다는 것. 잘만 하면 미래적 분위기를 물씬 풍기는 관광지로 발돋움할 수 있다는 것. 해마다 꽤 많은 관광객이 스위스에 있는 입자가속기를 구경하기 위해 방문한다는 사실이 기대감을 더욱 키웠다. 사람들은 제네바 어디엔가 있다는 입자가속기의 사진을 찾아보고는 왠지 우월한 기분에 빠져들었다. '뭐야, 이건 좀 작잖아. 여기엔 열 배나 더 크고 강력한 가속기가 들어설 텐데.' 그들은 속으로 이런 말을 중얼거리며, 인류 역사상 전무후무한 크기로 세워질 거라는 초거대 입자가속기의 청사진을 그려보았다. 결국, 공사가 시작됐을 즈음엔, 도시 전체가 입자가속기의 완공만을 기다리는 상태가 되었다.

그리고 드디어 그날이 온 것이다.

세계 최대 입자가속기 완공 기념식이 열리는 날.

완공식을 앞두고 동아시아 입자물리연구소는 대대적인 홍보에 나섰다. "이것은 하나의 축제가 될 것입니다." 도시 곳곳에 세워진 전광판에선, 초기 빅뱅의 입자 운동을 재현한 현란한 그래픽과 함께 이런 광고가 수시로 떠올랐다. "물리학의 미래를 위해 모든 것을 받아들여 준 W시 시민들에게 자부심과 즐거움을 선사하고, 더 나아가서는 세계를 깜짝 놀라게 할, 그야말로 엄청난 퍼포먼스가 준비되어 있으니 기대해주십시오!" W시 시민이라면 누구나 무료로 관람할 수 있는 이 행사는, 연구소가 자리한 넓은 광장과 그 일대 부지에서 열릴 계획이었다. 기념식 일주일 전부터, 대형 무대를 만드는 데 필요한 장비를 가득 실은 트레일러가 수시로 드나들었고, 아이돌 그룹까지 온다는 소문이 돌면서 사람들의 기대는 점점 커져만 갔다.

미술가이자 행위예술가인 김진수가 기념식 퍼포먼스의 총책임자라는 소식은, 좀 더 늦게 전해졌다. 그때 이미 국제 예술계에서 두각을 나타내고 있던 김진수는, 인터뷰를 위해 찾아간 기자에게 이렇게 말했다. "음, 기대해도 좋습니다. 사실 이 행사를 위해 벌써 일 년 전부터 준비를 해왔거든요. 어떤 퍼포먼스를 보여줄 거냐고 대해 쓴 건지 짐작조차 할 수 없는 책이었다. 주변 사람들에 의하면, 김진수는 두 번째 책이 나왔을 때 한동안 이런 이야기를 했다. "표지의 저 검정색 말이야, 빛의 99.9999퍼센트를 흡수하는, 그야말로 검정색 중의 검정색이라고. 난 일부러 저 특별한 검정을 표지색으로 골랐어. 왜냐하면 저 책이 놓여 있는 자리가 하나의 빈틈, 세계에 뚫린 검은 구멍으로 보이길 바랐거든." 실제로 김진수의 두 번째 책을 책상 위에 두면 단단한 상판에 검은 직사각형의 구멍이 뚫린 것처럼 보였다. 책은, 눈이 감지할 수 있는 그 어떤 빛도 반사시키지 않았고, 그래서 『흑암이 깊음 위에 있고』는, 말 그대로 무無 속의 무無처럼 느껴졌다. 김진수는 『흑암이 깊음 위에 있고』를 정확히 100권, 자비로 인쇄했다. "왜냐하면 이 책은 상업적으로 팔고 싶지 않으니까"라고 그는 친구에게 서명본을 건네며 변명하듯 중얼거렸지만, 사실 아는 사람은 다 알고 있었다. 어떤 출판사에서도 그가 원하는 조건으로는 그 책을 인쇄할 수 없었다는 사실을. 표지를 세계에 뚫린 검은 구멍으로 보이도록 하려면 꽤 비싼 돈을 지불해야 했고,(표지 인쇄에 필요한 잉크는 일본의 어느 회사에서 개발한 거였는데, 실제로는 빛의 99.4퍼센트를 흡수한다고 알려져 있었다. 하지만 시중의 다른 검정 잉크보다는 훨씬 더 검었고, 그만큼 고가였다) 잘 팔리지도 않을 책을 위해 굳이 그런 짓을 하려는 출판사는 한 군데도 없었다. 『흑암이 깊음 위에 있고』는 특별한 주제나 순서 같은 것 없이 생각나는 대로 써 내려간 일종의 에세이였다. 굉장히 얇은 데다 글자 크기도 커서, 마음만 먹는다면 앉은자리에서 30분 안에 다 읽을 수 있는 책이기도 했다. 내용에 별다른 건 없었지만, 마지막 장에 첨부된 도판은 어딘가 의미심장한 부분이 있었다. 올컬러로 인쇄한 페이지라고는 하지만, 바탕은 누르스름하게 빛바랬고 그 한가운데 검은 사각형이 하나 있어서, 굳이 컬러라고 하기에도 뭐한 그 그림은, 17세기 우주학자(겸 의사 겸 미술가 겸 언어학자 겸 박물학자이자 심령술사였던) 로버트 플러드의 작품이었다. 로버트 플러드는 기이한 사람이었는데 어느 날부턴가 이상한 깨달음에 사로잡혀 어떤 책을 쓰기 시작했다. 우주와 지구, 인간의 역사를 모두 담았다는 그 책의 제목은 『대우주와 소우주의 역사』였고, 김진수가 실은 그림은 그 책 26쪽에 있는 삽화였다. 로버트 플러드는 검은 펜으로 공들여 사각형 내부를 칠했고, 각 귀퉁이마다 'et sic in infinitum'이라는 라틴어를 적어놓았는데, 그것은 '그리고 무한으로 계속'이란 뜻이었다.(이 페이지가 의미심장하다고 한 것은, 김진수가 로버트 플러드의 검은 사각형 아래 적어둔 다음과 같은 문장 때문이다. "세상이란 본래 검고 어두운 곳인데, 낮의 태양이, 혹은 현란한 LED등이 그걸 가리고 있는 것이다. 세상을 알고 싶으면 빛의 휘장을 걷고, 그 안을 봐야 한다. 그러면 거기 한 치 앞도 볼 수 없는 온전한 흑암 속에 진짜 세상이 있을 테니까.")

어쨌든, 『흑암이 깊음 위에 있고』에서 뭔가 의미를

찾으려면, 책의 내용보다는 책이 발행된 시기를 주목하는 게 나을지도 모른다. 김진수는 그 책을 출간하고 약 한 달 후부터 뭔가에 홀린 듯 그림을 그리기 시작했다. 그리고 그때부터 항상 발밑을 조심하며 걷는 기행을 보였다. 처음에는 그가 장난을 친다고 생각했던 친구들도 나중엔 좀 심각하게 걱정할 정도로, 김진수는 기묘하게 걸었다. 앞을 보며 걷다가 갑자기 방향을 휙 틀어 뭔가를 잽싸게 피하는 듯한 행동을 자주 했는데, 그 순간 같이 걷고 있던 친구의 증언에 의하면 김진수는 창백한 얼굴로 이렇게 말했다고 한다. "봤어, 저 틈? 뭐라고? 네겐 저 검은 구멍이 정말 안 보인다는 거야?" 그 말을 전할 때 친구는 안타까운 얼굴로 한숨을 내쉬었다. "앞엔 진짜 아무것도 없었으니까요. 그저 블록이 깔린 길이 쭉 뻗어 있을 뿐이었어요." 증언하던 친구는 문득 말을 멈추고 고개를 갸웃했다. "그러고 보니 그때 진수는 두려워하는 얼굴이 아니었네요. 오히려 뭐랄까…… 슬퍼하는 얼굴이었다고 하는 게 더 어울릴지도 모르겠어요."

또 한 친구는 조금 다른 이야기를 했다. 『흑암이 깊음 위에 있고』를 내기 약 반년 전부터 이미 김진수는 어딘지 모르게 이상했다는 것이다. "그때가 아마도 11월 초순쯤이었는데, 다 같이 어느 시골로 놀러 간 적이 있어요. 호숫가의 펜션을 예약했는데, 막상 가서 보니 호수가 아니라 잡초가 우거지고 탁한 물이 고인 늪지대였던 게 기억나는군요. 늦가을이라 그런지 사방은 스산

하고 쓸쓸한데 펜션마저 반쯤은 허물어진 분위기라 갑자기 기분이 다운됐던 것도 떠올라요. 게다가 공기 중엔 기분 나쁜 냄새와 연기가 떠돌고 있었지요. 연기의 정체는 곧 파악됐어요. 펜션 주인이 뒷마당에서 쓰레기를 모아 태우고 있었으니까요. 검은 양철통 안엔 갖가지 잡동사니가 가득했고 그게 타면서 회색 연기가 뭉게뭉게 피어올랐지요. 우리가 바라보고 있으니까, 주인이 힐끗 돌아보며 묻더군요. 더 필요한 거라도 있냐고. 그는 아무 데서나 쓰레기를 태우면 안 된다는 사실 자체를 모르는 것 같았어요. 우린 됐다고 대답하고는 그 자리를 떴습니다. 저녁에 마당에서 야외 바비큐 파티를 할 계획이었지만 아직 낮이었고, 방에선 별달리 할 일도 없던 터라 어쩔 수 없이 내린 결론이었지만요. 마을은 상상했던 그대로였어요. 짙은 안개가 내려앉은 저수지, 텅 빈 집들. 아무도 살지 않는 집 지붕 위엔 검은 새들이 일렬로 앉아 있더군요. 점점 짙어가는 기분 나쁜 냄새를 따라 걷다 보니 커다란 양계장이 나타났어요. 수천 마리의 닭들이 옴짝달싹 못 한 채 비좁은 철망 우리에 모여 있었는데, 냄새는 바로 거기서부터 흘러나오고 있었지요. 야, 그만 돌아가자. 우리 중 누군가가 먼저 말했지만, 진수는 어느새 양계장 입구까지 가 있었어요. 그 앞엔 깡마른 검은 개 한 마리가 짧은 줄에 묶여 멍하니 앉아 있었는데, 진수가 그 개 앞에 가더니 무릎을 꿇지 뭐예요. 그는 바지 무릎이 진흙에 뭉개지는 것도 아랑곳하지 않았어요. 개는 어리둥절한 얼굴로 낯선

요? 하하, 그건 비밀입니다. 다만 이 두 가지만은 확실히 말씀드릴 수 있겠군요. 첫째는, 퍼포먼스의 주제가 '기적'이라는 것. 아니 정확히는 '현대의 기적'이라고 하는 게 더 낫겠군요. 기적을 주제로 잡은 이유가 궁금하다고요? 글쎄요, 그건 주위를 둘러보기만 해도 답을 알 수 있는 질문 아닐까요? 지금 인류는 메마른 사막 같은 시대를 살고 있습니다. 합리와 이성만이 세계를 지배하고 있어요. 하지만 그럴 때일수록, 우리는 그 너머, 이면을 봐야 하는 거 아닐까 싶습니다." 이어서 김진수는 기적, 초자연, 초현실에 대해 긴 얘기를 늘어놓았다. 대충 누구나 아는 그런 내용이어서, 한동안 떠들던 미술가가 갑자기 조용해진 다음에야 기자는 퍼뜩 정신을 차렸다. 메모를 멈추고 고개를 들어보니, 김진수가 무슨 굉장한 소식이라도 전해줄 기세로 의자를 앞으로 당긴 채 앉아 있었다. "두 번째는 퍼포먼스의 규모에 관한 거였는데요……, 그런데 생각해보니까, 이건 어차피 직접 체험해봐야 알 수 있는 문제 같군요. 그래서 이렇게만 말씀드리겠습니다. 공간적으로 그건, 거의 전 지구적인, 어쩌면 더 나아가서 전 우주적인 규모가 될 거라고요. 어떻습니까? 이 정도면 기대할 만하지 않아요?"

나중에 기자는 어느 방송사에서 만든 다큐멘터리 〈신의 입자 그 너머를 찾아서—W시의 초거대 입자가속기〉에서 이런 말을 했다. "……사실 그때 그는 좀 이상한 얘길 했습니다. 퍼포먼스의 규모에 대해 말하고 나서는 잠시 침묵하더니, 그 시간적 규모가 과거-현재-미래를 아우르게 될 거라고 했지요. 들으면서 메모를 하긴 했지만, 속으론 의아했어요. 자의식이 좀 강한 사람인가 보다, 여기기도 했고, 일종의 '물리학적' 표현인가 추측하기도 했지요. 그래도 무슨 뜻인지는 물어봐야겠다 싶어 질문하려는 찰나, 김진수 씨가 자리에서 벌떡 일어섰어요. 손목에 찬 시계를 보며—슬쩍 보니 애플워치 같은 디지털 기기가 아니라, 말 그대로 그냥 시계였어요. 아주 오래된 듯 가죽으로 된 줄이 닳아 있던 게 기억나네요—시간이 다 됐다고, 무척 서두르는 기색이었죠. 어디 약속이라도 있는 거냐고 물었더니, 공원에 사는 떠돌이 고양이들에게 밥을 줘야 한다고 하더군요. 결국 나는 퍼포먼스가 과거-현재-미래를 아우를 거란 말의 진짜 의미를 묻지 못하고 나왔습니다. 지금 돌아보면, 가장 후회되는 순간이기도 하지요."

○

김진수에 대해 말하자면, 그가 처음부터 미술가로 활동한 건 아니었다. 그는 물리학을 전공해 박사학위를 받았고, 지방의 작은 대학에서 강의를 했으며, 두 권의 책을 썼다. 첫 번째 책은 『11차원 그 너머로—끈이론 이해하기』였는데, 제목만 봐도 알 수 있다시피 전형적인 물리학 이론서였다. 특이한 것은 두 번째로 낸 『흑암이 깊음 위에 있고』였는데, 온통 시커멓기만 한 겉표지엔 아무런 설명이나 그림도 없어서 도무지 무엇에

다. 설거지를 하려고 물을 틀자마자 양말이 젖었다. 바닥에 쏟아진 물을 보고 우진은 깜짝 놀라 싱크대 하부장을 열었다. 치즈 구멍처럼 배수관에 작은 구멍들이 뚫려 있었다. 낡아서 그런가, 그런데 낡는다고 이렇게 뚫릴 수가 있나. 지난밤 싱크대 배수구에 클리너를 부어 청소했는데 그 약품 탓인가 싶었다. 하지만 역시나 그럴 수가 있나. 우진은 철물점에서 필요한 만큼의 배수관 호스를 사 와 교체했다. 그런데 다음 날 아침 해오가 컵을 헹구려고 싱크대 물을 틀자 다시 바닥으로 물이 왈칵 쏟아졌다. 교체한 호스에도 구멍이 뚫려 있었다. 우진이 바닥을 걸레로 닦는 동안 해오는 인터넷으로 열심히 검색했고, 곧 소리쳤다. 설마! 쥐인가! 쥐가 들어왔나 봐! 관리실에 문의해보니 쥐가 나왔다는 세대는 하나도 없다는 대답이 돌아왔다.

 무슨 아파트에 쥐가 다 있어요? 현관에서 설비업체 기사는 그건 아닐 거라는 듯 고개를 저었다. 하지만 불행히도, 호스의 구멍을 확인하곤 쥐 이빨 자국 같다며 놀라워했다. 기사는 싱크대 하부장을 들어내고, 바닥과 싱크대 관이 연결되는 부분의 틈을 우레탄폼으로 쏘아 막았다. 바닥에 쥐똥이 없는 걸 봐서 밖으로 나온 것 같진 않아요. 관 안을 돌아다니며 갉아 먹은 것 같아요. 이 자국 모양도 보면 그래. 이건 안에서 뜯은 자국이야. 그 말은 다행이라면 다행이었지만 소름이 돋는 말이기도 했다. 배수구 안을 돌아다녔을 쥐의 걸음걸음이 살갗을 쿡쿡 찍는 듯했다. 우진과 해오는 쥐덫과 쥐약을 곳곳에 놓았다. 며칠간 잠도 제대로 자지 못했다. 무슨 소리라도 나면, 쥐가 들어온 거 아닐까? 쥐가 기어가는 거 아냐? 해오는 불안해했다. 우진도 께름칙하긴 마찬가지였다.

집은 어느새 편안한 곳이 아니게 되었지만 그렇다 한들 당장 다른 곳으로 옮길 순 없었다. 얼마 전의 부동산 탐방으로 둘은 확실히 알게 되었다. 미친 부동산 시장 속 두 사람의 위치. 우유갑 안에서라도 사는 걸 감지덕지 여겨야 했다. 며칠은 잠을 설쳤지만 시간이 좀 지나니 괜찮아졌다. 일단 너무 피곤해서 잠이 쏟아졌고 그렇게 지쳐 잠들다 보니 무뎌졌다. 그래도 해오와 우진은 열심히 돈을 모았다. 보증금을 모아서 이사를 가고 싶었다. 둘은 3년 동안 아끼고 아꼈다. 무지출 챌린지, 일주일 식비 만 원 도전 같은 유튜브를 보며 자극을 얻었다. 조금의 보증금을 더 마련했다. 그리고 전세대출을 받아 지금의 아파트로 이사를 온 것이었다. 운이 좋았다. 집주인이 사정이 있어 주변 시세보다 저렴한 가격에 전세를 내놓았다. 가격과 대출 타이밍이 모두 맞아떨어졌다.

아파트는 신축이었다. 방도 세 개였고, 거실도 꽤 넓었다. 우진과 해오가 원하는 대로 가구를 둘 수 있었다. 우진은 이 집이 마음에 들었다. 깨끗한 집을 깨끗하게 쓰고 싶었다. 그런데 이사라니. 이곳만큼 괜찮은 곳을 구할 확률은 거의, 아니 아예 없었다. 이사라는 게 그렇게 간단한 일이 아니라는 걸 둘은 잘 알았다. 이사 비용 사람을 보고만 있었고요. 진수가 검은 개의 목을 끌어안은 게 바로 그 순간입니다. 솔직히 우린 많이 놀랐어요. 평범하지만은 않은 애라는 건 어려서부터 알고 있었지만(아, 제가 얘기했던가요? 우리가 고등학교 동창이라는 사실을?) 그런 행동은 좀 아니잖아요. 시골에서 평생을 묶여 살면서 밭 지킴이로 사는 개를 보고 불쌍하다고 여기지 않을 사람은 아무도 없어요. 다만 그 개를 끌어안고 무릎을 꿇는다거나, 그런 짓은 하지 않죠. 차라리 간식을 사다 먹이거나, 아니면 빈 물그릇에 생수를 부어준다든가, 그러지 않나요? 하지만 진수는 자기가 마치 니체라도 되는 양 굴었어요." 그러면서 김진수의 친구는 니체가 미쳐버리던 순간에 대하여 자세히 이야기했다. "광장을 지나다가 짐수레를 끌며 채찍질당하던 말의 목을 끌어안고 울부짖었다는 일화를 말하는 거예요. 그렇게 미쳐버린 니체는 결국 정신병원에서 10년을 살다 죽었지요. 그래서 하는 얘긴데, 그때부터였어요. 진수가 세계 곳곳에 열려 있다는 검은색 틈에 대해 말하기 시작한 게. 뭐 그렇다고 해서 걔가 미쳤다는 건 아니지만요. 어쨌거나 진수는 정상이었어요. 그 후 미술가로 성공한 걸 보면, 그건 확실하죠."

김진수가 미술 쪽으로 완전히 방향을 틀기 전까지 그와 같은 연구실에서 일했던 교수는 이렇게 말했다.

"글쎄요, 진수에겐 미묘한 검음이 있었습니다. 아니, 아니요. 검정이 아니라 검음이에요. 검정과 검음은 많이 다르니까요. 어떤 검음이었냐고요? 나도 잘 모릅니다. 다만 이런 에피소드를 들려줄 순 있겠군요. 어느 날인가, 연구소 휴게실에서 그와 함께 커피를 마신 적이 있어요. 그때 벽에 걸린 티브이에선 뉴스가 나오고 있었지요. 무음으로 해놨는지 소리는 들리지 않았지만, 다 무너진 병원 건물 같은 데서 아이들과 여자들이 뛰어나오는 광경이 보였어요. 이제 와 돌이켜보면 거긴 아마도 팔레스타인이 아니었을까요? 아니, 어쩌면 다른 도시였을지도 모르지만─음, 어디 보자, 그렇군, 우크라이나의 부차라든가 뭐 그런 데였을 수도 있지요. 어차피 전쟁 중인 곳은 많고, 부서지는 도시, 죽어가는 사람들은 사방에 널려 있으니까요─여하튼 그곳은 무너지는 중이었어요. 회색 하늘에선 전투기가 날아다니며 계속해서 포탄을 떨어뜨렸죠. 그 순간이었습니다. 진수가 소리치기 시작한 게. 그는 자기가 들고 있던 종이컵이 엎어진 줄도 모르고 계속해서 외쳤어요. 저걸 왜 컬러로 보여주는 거냐고. 난 물었죠. 그럼 어떻게 보여줘야 하는 건지. 그러자 진수가 절망적으로 대답하더군요. 저 화면은 반드시 검어야 한다고, 화면 전체가 온통 검음으로 칠해져서 모든 걸 가려야 한다고. 나는 반문했어요. 그러면 우린 아무것도 볼 수 없잖아? 한동안 허공을 응시하던 진수는, 한참 후에야 낮게 중얼거렸어요.

봐야 아는 건 아니잖아요 온통 검정색이어야 우린 볼 수 있어요 아니 봐야만 해요.

네, 이게 끝입니다. 다음 날 그는 연구실에 나오지 않았으니까요. 나중에 다른 사람을 통해서 들었지요. 진수가 그림을 그린다고. 참 뜬금없는 소식이었죠. 조금 만 더 버텼으면 조교수는 될 수 있었을 텐데. 하긴 그쪽 에서 성공했으니 오히려 잘된 거라 보는 게 옳겠지만 요."

○

 김진수는 독학으로 미술을 배웠는데, 초기에는 거대 한 두루마리 형태의 캔버스에 풍경과 인물을 그린 다음 활동사진처럼 움직이게 하는 '파노라마' 제작에 몰두했 다. 19세기 미국에서 한때 유행했다 사라진 파노라마 를,(화면에서 진짜 사람들이 살아 움직이는 영화가 나 오면서 파노라마는 쇠락하여 사라졌다) 21세기에 재현 한 이유가 뭔지는 끝내 알려지지 않았다. 어쨌든 그는 먹고 자는 것도 잊을 만큼 미친 듯이 그림을 그렸다. 어 떤 두루마리는 길이가 약 30미터에 달했는데, 거기에 우주 탄생의 순간부터 종말까지를 순서대로 그려 넣고 는 '화엄'이라는 제목을 붙이기도 했다. 완성된 두루마 리는 그냥 전시하지 않고, 관객들 앞에서 천천히 펼쳐 보이며 내레이션을 덧붙였다. 사람들이 관객석에 앉아 있으면 김진수가 걸어 나와 인사를 했고, 잠시 후 조수 두 명이 거대한 두루마리를 들고 입장했다. 그들이 파 노라마 양 끝에 서서 그림을 순서대로 펼쳐 보이면, 김 진수가 곁에서 조용히 설명을 곁들이는 식이었다. 독특 한 스타일의 파노라마는 금세 유명해졌고, 물리학자 출신 미술가라는 타이틀 덕분에 여러 방송과 유튜브에 게스트로 출연하기도 했다.

 사실 그의 앞날을 생각해보면, 딱 거기까지였어야 했던 건지도 모른다. 파노라마라는 특이한 양식의 그림을 그리며 어느 정도 알려진 미술가로 살아가는 것 말이다. 하지만 세 가지 사건이 연달아 일어나며, 그의 삶은 생각지도 못한 방향으로 흘러갔다. 첫 번째 사건은, 그가 '비극─로버트 플러드에게'라는 파노라마를 제작한 것이었다. 그건 그때까지 만들었던 파노라마 중 가장 대규모 작품이었는데, 두루마리의 길이가 장장 50여 미터에 달하는 대작이었다. 특이한 것은, 그 전까지의 그림이 구상화였다면, '비극─로버트 플러드에게'에는 구체적인 사물이나 인간이 단 하나도 없었다는 사실이다. 그 거대한 파노라마는 짙은 청색으로 시작하여 마지막엔 시커먼 검정으로 변주되며 끝났는데, 그 깊은 어둠이 보는 사람에게 이상한 심정을 불러일으켰다. 그해에 《뉴욕타임스》는 '세상에서 가장 우울한 그림 10선'에 김진수의 '비극─로버트 플러드에게'를 선정하기도 했다. 이어진 두 번째 사건은 '비극─로버트 플러드에게'가 메트로폴리탄 미술관 특별 전시실에 1년 동안 전시됐다는 사실이다. 이 일을 계기로 김진수는 현대미술계의 유명인이 되었다. 이것이 곧바로 세 번째 사건을 불러오는데, 바로 W시에 만들어진 초거대 입자가속기 완공 기념식의 총연출을 맡게 된 일이 그것이다.

○

 기념식의 시작은 평범했다. 그날은 나도 지역뉴스 취재기자 자격으로 초청되어 무대 가까운 자리에 앉아 있었는데, 다른 행사들과 마찬가지로 여러 인사들(정치인, 과학자, 연구소장 같은 이들)이 단상에 나와 축하를 건넸고, 정해진 수순처럼 아이돌 그룹이 무대에 올랐다. 그들은 현란한 레이저 조명 아래서 춤을 췄고, 사람들은 열광했다.

 아이돌 그룹 두 팀의 공연이 끝나자, 스태프들이 올라와 무대를 깨끗이 정리했다. 그러고는 검은 천으로 덮인 뭔가를 들고 와 무대 중앙에 내려놓았는데, 레버가 붙어 있고 은빛 광택으로 번쩍이는 커다란 기계장치였다.

 잠시 후, 모든 불이 꺼지고 어둠 속에서 김진수가 걸어 나왔다. 그는 고대 그리스 신들이나 입었을 법한 새하얀 튜닉을 걸쳤는데, 부드럽게 일렁이는 조명이 후광을 만들어준 덕분에, 정말 신처럼 보이기도 했다.

 무대 한가운데까지 걸어온 김진수는 기계장치 옆에 서더니 조용히 군중을 둘러봤다. 한 손은 레버에 얹고 있었다. "이걸 올리는 순간이, 우리에게 새로운 역사를 선사할 겁니다. 여기 계신 여러분들은 앞으로도 영원히, 두고두고 오늘을 떠올리겠지요." 물론 무대 위 레버를 올리는 게 상징적 행위라는 건 자명했다. 지하 수십 미터 아래 설치된 초거대 입자가속기를, 저렇게 단순한 레버 하나로 작동시킨다는 건 말도 안 되는 일이었으니까. 그럼에도 사람들은(나 역시 마찬가지였지만) 알 수 없는 이유로 긴장했다.

한동안 침묵하던 김진수가 드디어 결심한 듯 심호흡을 했다. "자, 모두 함께 카운트다운 합시다. 십, 구, 팔, 칠, 육, 오, 사, 삼, 이, 일!" 그가 있는 힘껏 레버를 올리자, 쾅, 하는 소리와 함께 빛줄기들이 하늘에서 쏟아져 내렸다. 쇼가 시작된 것이다.

무수히 많은 색색의 빛 입자들은 어두운 허공을 이리저리 떠돌며 브라운 운동을 했는데, 그 모습은 마치 태초에, 그러니까 이 우주가 창조되던 때에 별들이 운행하던 광경을 연상케 했다. 얼마나 시간이 흘렀을까. 무규칙적으로 움직이던 수많은 빛 입자들이 한 점을 향해 모여들기 시작했다. 그들은 응축되며 점점 더 밝아지더니, 마침내는 태양을 닮은 거대한 광휘로 변해갔다. 광장 곳곳에 놓인 음향 기기에서는 신비롭고 우주적인 전자음악이 흘러나오고 있었다. 잘 들어보면 뭔가 속삭이는 사람의 목소리 같은 것도 섞인, 몽환적인 음악이었다. 얼마나 시간이 흘렀을까. 빙글빙글 돌아가던 빛 덩어리가 서서히 사그라들더니 우윳빛을 띤 나선은하의 형태로 바뀌기 시작했다. 은하의 팔은 하늘 전체를 뒤덮을 듯 멀리 뻗어나갔는데, 그 끄트머리에서 푸르게 빛나는 구슬 같은 지구가 모습을 드러냈을 땐, 모두가 환호했다. "저길 봐! 지구가 있어!" 그러나 결국 은하는—지구와 달, 태양계, 하늘 가득 반짝이던 수많은 별들까지도—서서히 빛을 잃어갔다. 광장은 점점 어두워지더니 완전히 암흑에 잠겼고, 음악마저 잦아들 즈음, 검은 허공 한가운데 신의 거대한 홀로그램이 떠올랐다. 나중에 김진수가 밝힌 바에 의하면(정확히는 주최 측에서 김진수의 말을 대신 전해준 거지만) 그 신은, '신의 입자'라고 불리던 힉스 보손의 존재를 예언한 물리학자 피터 힉스의 얼굴을 모델로 한 거였다. "2024년에 세상을 떠난 위대한 물리학자를 기리기 위해서였다고 하더군요." 이상한 사고 이후, 입자물리연구소 대변인은 언론에 이렇게 해명했다. "피터 힉스가 처음 힉스 보손의 존재를 예측했을 땐, 다들 믿지 않았습니다. 그러나 수학식은, 자연계에 그것이 존재함을 입증하고 있었지요. 중요한 것은, 힉스 보손이 결국 스위스 제네바에 있는 입자가속기를 통해 발견됐다는 사실입니다. 그렇다면, 그보다 훨씬 크고 강력한 새로운 입자가속기 완공 기념식에서 보여줄 신의 얼굴로 피터 힉스보다 더 어울리는 인물을 찾을 수 있었을까요?"

여하튼, 신은(혹은 신처럼 보이는 얼굴은) W시의 밤하늘에 둥둥 떠 있었다. 머리는 희끗희끗했고 살짝 벗겨져 있었으며 인자해 보이는—그러나 어떤 각도에서 보면 오만해 보이기도 하는—미소를 띠고 아래를 내려다보는 신. 음악은 점점 더 고조되었고—이제 와 생각해보면, 거기 모여 있던 그 많은 사람들이 일제히 트랜스 상태에 빠져든 것도 음향효과 때문이었을지도 모른다—신은 아래를 내려다보며 뭐라고 이야기하기 시작했다. 사실 처음에 그는 분명히 과학과 합리주의의 위대함을 설파하고 있었다. 적어도 내겐 그렇게 들렸다. 하지만 신의 말은 점차 알아들을 수 없게 변해갔다. 나중에는 우주의 검고 어두운 공허에 대해 주절주절했는데, 그마저도 뒤엉키더니 "그 검은 어둠 속에 그 검은 어둠 속에 그 검은 어둠 속에 그 검은 어둠 속에 그검은어둠속에그검은어둠속에그검은어둠속에그검은어둠속에……"라는 말만 무한히 반복하고 있었다. 어느 순간 피터 힉스, 아니 신의 음성은 음산한 기계음으로 변했고, 귀를 찢는 삐— 소리가 공기를 갈랐다. 여기저기서 고통에 가득 찬 비명이 들려왔고, 머리를 감싸 쥔 채 쓰러지는 사람도 있었다. 나도 귀를 막으며 주저앉았는데, 그다음은 기억나는 것이 없다.

기억은, 소리가 꺼지고 홀로그램 퍼포먼스가 중단된 몇 초 후로 건너뛴다.

당연히 변한 것은 없었다.

다만 세상이 조용해졌을 뿐이다. 어둠이 걷힌 하늘에선 피터 힉스의 얼굴이 사라졌고, 김진수 역시 어디로 갔는지 보이지 않았다. 얼마 후 안내방송이 나왔다. 기기 오작동으로 인한 음향 사고를 사과하는 내용이었다. 멀리서 사이렌이 울리고 있었다.

기념식은 그렇게 끝났다.
가속기는 예정대로 작동을 시작했고, 도시는 아무 일도 없던 듯 원래대로 돌아갔다.

김희선

5. 파랑

스페인의 전통춤 판당고를 생각하면, 프로콜 하럼의 노래 〈A Whiter Shade of Pale〉이 떠오른다. 그 이미지는 빙글빙글 돌아가는 말과 흰옷을 입은 광대. 아마도 애니 레녹스가 같은 노래로 만든 뮤직비디오 장면 때문이겠지만. 그 몽환적인 뮤직비디오에서, 새하얀 말은 끝없이 서커스장을 뛰며 돌아가고, 광대는 그 위에서 노래를 부른다.

스페인 작가 산체스 피뇰의 소설 「달에서 떨어진 사람들」엔 판당고 추는 노인이 나온다. 그 책을 읽으면서, 판당고라는 춤이 어쩌면 우리의 어깨춤 같은 걸지도 모른다고 생각했다. 소설에서, 노인은 기쁜 일이 있을 때마다 판당고를 추며 즐거워한다.

판당고를 떠올리면 현기증을 느끼는 것도 역시 프로콜 하럼의 노래 가사 때문이다.

판당고엔 언제나 현기증이 따라왔다, 적어도 내 머릿속 단어사전의 목록에선.

그리고 푸른색.

'A Whiter Shade of Pale'은 옅고 희미한 푸른색일 테니까. 판당고를 추며 빙글빙글 돌다가 올려다보는 하늘처럼.

6. 남색

천왕성은 군청색을 띤다. 자전축이 옆으로 누워 태양계 평면과 거의 일치하기에 여름과 겨울, 단 두 계절만 존재하는 이 작은 행성은, 공전주기가 84년이나 된다. 그래서 천왕성의 한 면은 42년 동안 빛 속에 있고, 그다음 42년은 어둠에 뒤덮이는 것이다.

42년의 낮, 그리고 이어지는 42년의 밤이라니.

만약 내가 천왕성에 태어났다면, 나는 그 별의 낮에 태어났을까, 밤에 태어났을까.

어둠 속에서 태어나 맨 마지막에 빛을 보는 것과 빛 속에서 태어나 마지막에 어둠을 바라보는 것, 둘 중에 뭐가 더 좋을까?

나는 빛을 따라 자전하는 반대편으로 걸어갔을까, 아니면 어둠을 따라 자전하는 방향으로 걸어갔을까?

그 어딘가엔 빛과 어둠이 뒤섞이는 지점도 있을까?

나는 영원히 그곳에 서 있고 싶었을 텐데.

7. 보라

'아스터꽃'이라는 꽃이 있다. 짙은 보라색의

러운 노래와, 두꺼운 커튼처럼 시야를 완전히 가려버린 거대한 나무의 초록빛 잎사귀들 속에서 뜨거운 차를 마시며…… 사라진 너를 생각했다. 거짓말처럼 쉽게, 간단히 사라져버린 너라는 존재에 대해서 생각했다. 이런 일이 벌어질지 몰랐다고 하면 거짓말이다. 하지만 반대로 분명히 그럴 줄 알았다고 하는 것도 거짓말이다. 아마도 우리는 두 가지 양극단의 거짓말 사이에 놓여 있었고, 아주 잠깐, 그 시간은 정말로 행복했다고…… 말한다고 해서 거짓말은 아니다.

문득, 묵직한 카페인 기운이 뇌 속으로 밀려드는 느낌에 나는 꿈에서 현실로 튕겨져 나왔다. 머그잔 가득 들어 있던 차는 말끔히 비워져 있었다. 다행인 것은 차의 카페인은 커피의 카페인과 다르게 약간은 마취적이라는 것이다. 깨어났는데 동시에 취한 느낌이었다. 아니 디즈니 애니메이션 장르였던 꿈이 좀 더 느와르를 닮은 꿈으로 변질된 느낌이었다. 그리고 그런 느낌 속에서 네가 사라진 상황이 매혹적인 악몽으로 느껴졌다. (가끔 악몽 속에서 범죄를 저지를 때가 있다. 훔치고, 거짓말하고, 사람을 죽인다. 바람을 피우고, 배신하고, 도망친다. 내 인생은 완전히 망했고 이제 돌이킬 수 없다는 사실이 숨 막히게…… 짜릿하다.)

그러니까 네가 사라진 것이, 사라진다는 말을 소리 내어 발음했을 때의 느낌처럼 약간은 시적으로 느껴진다.

하지만 다시 거실로 돌아와 문을 닫자, 급작스럽게

열기와 습기로부터 차단되자 시와 꿈의 세계는 간단히 증발해버렸다, 마치 너처럼, 흔적 없이 사라져버렸다.

 이제 난, 뭘 하지?
 현실적인 의문이 떠올랐다.

 어디로 가지?

 오늘 하루를 또 *어떻게* 보내지? 내일은? 남은 날들은?

 ......

 아니,

 나도
 그냥

 사라져버리면 되나?

○

 한 시간 반 뒤, 나는 시내에 있었다. 얼굴을 흠뻑 적신 땀이 에어컨 바람에 빠르게 마르는 것을 느끼며, 두껍고 무거운 사기잔에 든 밀크티를 마시고 있었다. 창

김사과

밖으로 보이는 도로는 한산했지만 그 위로 나란히 이어지는 공중보행로는 사람들로 가득했다. 어젯밤 늦은 저녁을 먹은 뒤 너와 함께 걸어서 돌아온 길이다. 그때 너는 전혀 사라질 기색이 아니었다. 늦은 밤의 도심 공중보행로는 간간이 보이는 여행객들을 빼면 한산했다. 많은 순간 오직 너와 나뿐이었다. 그때 너는 전혀 떠나갈 사람 같지 않았다.

물론 요즘 많은 사람들이 그런 식으로 사라진다. 작별을 고하거나 큰 소리로 싸우지 않고 그저 증발하듯 사라진다. 그렇다는 것을 나도 알고 있었다. 하지만 알고 있는 것과 겪는 것은 조금 다르다. 솔직히, 설마, 나한테도 그런 일이 일어날 줄은 몰랐다. 내가 예외라고 생각한 것은 아니지만, 그래도 받아들이는 것은 어렵다.
왜, 하필, 나한테?
나는 고장 난 기계처럼 반복해서 묻는다.
어떤 사람들은 이런 식의 갑작스러운 이별을 요즘 세태에 맞는 헤어짐이라고 하면서 나쁘지 않다고 말한다. 하지만 직접 겪어보면, 그렇게 잔인한 방식의 헤어짐은 없을 거라고 장담한다. 그렇게 무책임한 엔딩은 너무하다고. 게다가 엄격하게 말해서 이것은 헤어짐이 아니다. 사라짐이다.

너는 헤어진 게 아니라 사라졌다.
그게 요즘 식의 이별이다?

만약 그런 게 아니라면?
그냥 잠깐 떠난 거라면?
혹은 사고를 당하거나?
갑작스러운 병? 죽음?

물론 그럴 리가 없다. 요즘 그런 예측불가한 일은 좀처럼 벌어지지 않는다. 너는 증발하듯 사라졌고, 그게 우리 관계의 끝이고, 더 이상 너와 나 사이에 미래는 없다.

하지만 여전히 나는 사람들이 이런 식으로 사라지면 안 된다고 생각한다.

다시 말하지만, 많은 사람들이 그게 요즘 시대에 맞는 작별의 방식으로서, 뭐가 어떠냐고 한다. 그에 대해 나 또한 다시 말하자면, 직접 겪어보면 다를 것이다. 아니 심지어, 어떤 사람들은 직접 겪어봤고, 그러자 오히려 잘 이해가 되었다고 말한다. 심지어 다른 식의 이별보다 훨씬 더 좋았다고 한다.

거짓말이다.

지금 내 눈앞에 보이는 빌딩들 사이로 촘촘히 이어진 공중보행로 위의 사람들이 내가 눈을 깜빡한 순간 증발하듯 사라지면 안 되는 것처럼, 한 인간이 그런 식으로 사라져서는 안 된다. 하지만 너는 그게 좋다고, 적어도 나쁘지 않다고, 아니 적어도 그렇게 받아들이기로 한 것이다.

 언젠가 너는 나를 향해서 현실감각이 없다고, 수면제에 취한 사람처럼 정신이 없어 보인다고 말한 적이 있는데, 진짜로 현실감각이 없는 바보는 너라고 생각한다. 어쩌면 그런 식으로 나는 너의 사라짐을 받아들일 수도 있다. 바보는 벌을 받아야 한다고. 너는 사라졌고, 아무도 너를 찾지 않을 것이다. 아무도 바보를 그리워하지 않는다.

 분명히 말하지만, 물론 아무도 나의 의견 따위를 궁금해하지 않겠지만, 나는 사라질 생각이 없다. 나는 사라지는 게 싫고, 심지어 나쁘다고 생각한다. 이런 식의 생각이 너는 지루하고, 또 답답하고, 보수적이라고 여긴 것이다. 그래서 사라진 것이다. 사라짐으로써 나의 고리타분함을 증명하려는 것이다. 그렇게 나는 너 없이, 이 낯선 도시에 혼자 남겨지고 말았다. 빼곡한 습기가 짙은 홍차향과 섞여드는, 뿌연 물안개가 그림자를 대체하는, 그런 기이한 시와 꿈의 세계에 너는 나를 버려두고 사라졌다.

 이곳으로 오기 전에 너는 이 도시를 아주 잘 안다고 자주 이야기했다. 반대로 나는 여기가 처음이다. 너는 이 도시가 너무 많이 변했다고 했다. 물론 나는 그게 진짜인지 모른다. 나는 여기가 처음이다. 너는 너무 많은 것이 달라졌다고, 물론 아주 너무 나쁜 쪽으로, 그리고 그런 곳에, 나를 남겨둔 채로 사라졌다. 너는 그런 인간이다.

 요새 그런 게 유행이야.
 며칠 전 밤 영국의 총리가 사라졌다는 인터넷 기사를 말해주었을 때 네가 한 말이다.
 어떻게 그런 게 유행일 수가 있어?
 내가 그렇게 물었을 때 너는 나를, 어린애를 바라보듯이 보며 미소 지었다.

 영국의 총리는 선거에서 지자 사퇴하는 대신 사라졌다. 영국인들은 생각보다 별로 동요하지 않았다. 영국인들은 유행에 민감하기 때문일까? 모르겠다. 사라진 사람들은 어디로 가는 걸까? 천국으로? 나머지는 이 지겨운 지옥에 남겨놓고? 가서 뭘 하지? 그럼 남은 사람들은? 나는?

 차를 마시며 나는 자꾸만 비슷한 식으로 사라져가는 사람들에 대해서 생각했다. 아니 너에 대해서. 아니 너에 대한 기억은 이미 희미해지기 시작했다. 젖은 낙엽, 동면 혹은 죽음의 냄새가 너의 기억을 재빠르게 덮는다. 나는 너를 잊기로 한다. 아니 이미 많은 것이 잊혀졌다. 달콤한 낙엽, 혹은 가을과 겨울 사이의 미묘한 시차의 냄새가 모든 것을 멀어지게 만든다. 너무 진한 차의 카페인 때문일까? 기억이 안 나. 나는 너를 사

김사과

작가노트

일곱 가지 색에 대한 감각, 그리고……

1. 빨강

13세기 페르시아의 시인이자 신비주의자였던 사아디는 어느 날 밤 꿈에서 장미 정원을 방문한다. 장미향으로 가득한 정원을 거닐며 황홀경에 빠졌던 사아디는, 눈을 뜨자마자 자신의 옷소매를 내려다보고는 친구들에게 이렇게 중얼거렸다고 한다. "나는 장미나무에 도착하여 그대들에게 선물할 장미로 옷자락을 가득 채웠지. 하지만 장미의 향기가 나를 너무 취하게 하여, 결국 늘어진 옷자락은 내 손에서 미끄러져 떨어졌다네."

예전엔 나도 (장미나무가 만 그루 정도 자라는) 장미 정원을 걷고 싶었다. 장미향을 한

없이 숨 쉬면서 말이다. 향수가 아무리 그 향을 흉내 내도, 진짜 장미꽃의 향기에 비하면 바보 같은 냄새일 뿐이다. 만약 그렇게 장미향 가득한 정원을 온종일 걸을 수 있다면, 머리가 맑아질 것이다. 아주 오래전 어린 시절에 그랬던 것처럼.

이런 얘길 하다 보니 〈오즈의 마법사〉의 양귀비 꽃밭이 떠오른다.(그런데 그런 장면이 정말 있었던가? 어쩌면 그건 양귀비 꽃밭이 아니라 그냥 꽃밭이었을지도 모른다.) 도로시가 다른 친구들과 함께 노란 벽돌길(근데 이것도, 정말 노란 벽돌길이었나?)을 따라 오즈의 마법사가 살고 있는 성으로 갈 때, 양옆으론 꽃밭이 펼쳐져 있었다. 나는 그 장면이 참 좋아서 그림으로 그린 적도 있는데, 그때 그린 꽃밭의 색은 빨강이었다. 그 끝없이 펼쳐진 빨간 꽃밭은 그 후로도 계속 머릿속에 남았고, 지금도 난 침대 머리맡에 모네의 〈양귀비 꽃밭〉을 걸어두고 잠든다.

2. 주황

레몬, 귤, 오렌지는 모두 햇살에 잘 어울리는 과일이다.

주황 혹은 금빛을 띤 데다, 마치 빛이 사방

깔 역시 마찬가지일 수 있다는 생각은 안 해봤습니까?"

이번엔 내가 아무 대답도 하지 않았다.

자리에서 일어선 김진수가 어딘가 층계 같은 곳으로 걸어가는 소리가 들렸다.

"자, 이제 가보세요. 가서 사람들에게 그날 사라진 색이 뮤른이라고 전하세요. 뮤른을 기억해보라고, 그게 어떤 색이었는지, 어떤 느낌으로 그 색을 바라봤는지, 어떤 사물에 그 색이 깃들어 있었는지 떠올려보라고, 전해달란 뜻입니다. 나에게 뮤른이 이런 색이라면 당신에겐 뮤른이 저런 색이고, 만약 이 지구에 80억 명의 사람이 있다면 뮤른은 80억 개의 빛깔을 띨 거라는 얘기도, 꼭 덧붙이고요."

김진수의 목소리는 점점 작아졌다.

어쩌면 이 집, 빛의 99.99퍼센트를 빨아들이는 페인트를 칠한 저택의 내부에 블랙홀이 있고, 그가 그 속으로 사라져가고 있는 건지도 몰랐다.

갑자기 졸음이 몰려왔다.

발아래 초원이 펼쳐지고 익숙한 초본식물의 향기가 공중에 떠돌았다.

문득 그 색이 보였다. 뮤른. 나는 곧 잃게 될 것을 알면서도 나지막이 중얼거렸다. 그 색깔의 이름을.

그 후로 파노라마 제작도 그만둔 채 집 안에만 파묻혀 지내던 김진수는, 반년쯤 지난 어느 날, 이곳, 숲속의 어둠으로 영원히 은둔해버렸다.

○

"뮤른입니다."

문득 김진수의 목소리가 들려오는 바람에, 회상에서 깨어났다.

우리는 한 시간째 마주 앉아 있었다.

적어 온 질문에, 김진수는 거의 아무런 대답도 하지 않았다.

그러다가 내가 자주 꾸는 꿈을 들려줬더니 마침내 입을 연 것이다.

"뮤른이라니, 그게 뭐죠?"

어둠 속에서, 김진수는 웃는 듯했다. 그 반대일지도 모르지만, 어차피 보이는 건 아무것도 없었다. "사라진 색깔 말입니다. 그게 뮤른이죠."

나는 고개를 저었다.

"뮤른이라는 색깔은 없어요. 말장난 같은 건 하지 맙시다."

그러나 김진수는 못 들은 척 반문했다.

"눈을 감고 기억을 더듬어보세요. 정말 뮤른이 없었나요? 장담할 수 있어요? 기억하지 못한다는 사실마저 기억하지 못하는 그런 기억들처럼…… 뮤른이라는 색하긴 정말 아무 일도 일어나지 않았던 건지도 모른다. 몇몇 사람들이―나를 포함해서―색깔 하나를 잃은 것 외에 특별히 달라진 건 없으니까. 색을 잃었다는 이들이 조금씩 늘고 있지만, 그것도 알고 보면 그리 신경 쓸 일은 아닐 거다.

 왜냐하면 의사가 말했듯이, 색깔이 정말 사라진 건지, 아니면 그렇다고 주장하는 사람들의 기억에 문제가 생긴 건지는 아직 밝혀지지 않았으니까. 별로 알려지지 않은 천문학 웹진에 이상한 소식이 실린 적도 있지만, 내 생각엔 그것도 그저 하나의 해프닝으로 끝나버릴 문제이다. 그 웹진엔 어느 인공위성이 바로 그 순간―김진수의 기괴한 퍼포먼스가 열리던 순간 말이다―찍은 지구 사진 한 장이 올라왔다. 그런데 사진 속에 지구가 없다. 지구만이 아니라, 다른 천체들도 전혀 보이지 않는다. 아주 찰나였지만, 무슨 이유에서인지 그때 인공위성 앞엔 무無 또는 흑암만이 펼쳐져 있었다. 물론, 다음 순간에 찍은 사진에선 모든 게 그대로다.

 그래서 하는 말인데, 그날 정말로 이상했던 건 김진수의 태도일지도 모른다. 그는 긴 시간을 들여 준비한 행사가 그렇게 중단됐는데도 별다른 반응을 보이지 않았다. 도리어 그 모든 일을 예상했다는 듯 담담한 얼굴로 어둠 속에 서 있었다(고, 그날 그를 마지막으로 본 어느 스태프가 말했다). 그러고는 다들 음향 기기를 손보거나 홀로그램 투사기를 만지는 사이, 인사도 없이 떠났다는 것이다.

뮤른을 찾아서

때론 바람 대신 부드럽고 따뜻한 공기의 흐름만이 지나간다. 그런 날은 산에 뿌연 비구름이 머무는 날이다. 구름도 바람이 옮겨주지 않으면 그렇게 가만히 쉰다. 나도 의자에 앉아 그 부드러운 흐름이 천천히 이곳을 통과하도록 기다린다.

어두운 밤엔 창을 열고 차고 맑은 공기를 흠뻑 들이마신다. 그럴 때면, 별이 뜨는 것보다 먼저 불빛들이 올라오는데, 그 작고 여린 노란 불빛들은 따뜻하게 혹은 외롭게 그러나 모두 아름답게 빛난다.

별은 지상에도 있다.

4. 초록

아침에 비가 왔다. 나는 따뜻하고 축축한 공기 속에서 비릿한 바다 냄새를 맡았다. 아마 주문진이나 강릉에서 대관령을 넘어온 바람에 실려 온 게 아닐까. 바람은 원주를 한 바퀴 돌고, 다시 더 깊은 내륙으로 불어 갈 테지만, 이미 그쯤에선 바다 냄새보다 나무 냄새를 더 많이 머금고 있을 것이다. 그리고 그 색깔은 분명 초록색일 거다.

으로 퍼져나가듯 향기로 온 집 안을 가득 채우니까.

엊그제는 귤을 잔뜩 사 왔다. 그러고는 계속 까먹었더니, 집 여기저기 귤껍질이 굴러다닌다. 귤껍질을 치우지 않고 그냥 두면 좋은 점이 많다고, 나는 강변한다. 먼저, 향기롭다. 그리고 햇살 같은 주황색을 보면 기분이 좋아진다.

귤을 먹으며 책을 읽으니 즐겁다.
그러고 보면, 난 가보고 싶은 곳은 거의 없다.
다만 머물고 싶은 시간이 있을 뿐이다.
햇살, 주황, 귤 향기, 조용함,
이 모든 게 어우러진 순간 같은.
하지만 지구는 자전하고,
결국 해는 넘어간다. 그리고 그렇게
저녁이 온다.

3. 노랑

나는 환기를 좋아한다. 틈만 나면 창문을 모두 활짝 열어젖히고 공기를 바꿔버린다.
우리 집은 다행히 바람이 잘 부는 방향으로 창이 나 있다.
먼 곳에서 불어온 바람은, 집 안을 구석구석 휘감아 돌고 나서 산 쪽으로 날아간다.

기만 중얼거린 이유다.

  그런데 정말로 중요한 사실: 무지개는 원래 일곱 가지 색이 아니라고 한다.(무지개의 색을 빨강, 주황, 노랑, 초록, 파랑, 남색, 보라, 일곱 가지 색으로 정한 사람은 아이작 뉴턴이다.) 물론, 옛날 사람들이 믿었듯 다섯 가지 색도 아니고, 세 가지 색은 더더욱 아니다. 무지개의 진짜 색깔은, 보는 사람의 마음속에 있을 뿐이다. 무지개만이 아니라, 다른 모든 색깔이 그러하다. 소설을 쓰기 위해 자료를 조사하며 알게 된 것이다.

김희선

그 꽃을, 나는 독일 시인 고트프리트 벤의 시 「작은 아스터꽃」을 읽으며 처음 알게 됐다. 의사였던 그는 시체공시소에서 몇 년간 일했는데, 그때의 경험을 여러 편의 시로 남겼다. 「작은 아스터꽃」에서 고트프리트 벤은 만취한 술배달꾼의 시체를 검시한다. 그러고는 누군가가 그 애처로운 시체의 입속에 조그마한 아스터꽃 한 송이를 꽂아두었음을 발견한다. 검시를 마치고 시인은 아스터꽃을 술배달꾼의 가슴에 넣고 꿰매어준다. "네 꽃병 속에서 실컷 마시거라!/ 편안히 쉬거라/ 작은 아스터 꽃아!"라고 말하며.

보라색은 내게 무엇보다도 아스터꽃의 색이었다.

하지만 이젠 다른 것들로 보라색을 기억하고 싶다. 그런데 뭐가 있지?

8. 그리고……

'작가노트'란 무엇일까?

자기가 쓴 소설에 대해 말해야 한다면, 무엇을 말할 수 있을까?

백 명의 사람이 소설을 읽는다면 백 개의 다른 해석이 생겨난다고, 나는 믿는다.

'작가노트'에 그저 일곱 가지 무지개색 이야

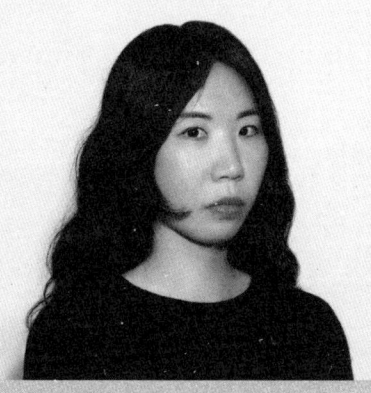

김사과

1984년 서울에서 태어났다. 장편소설 『미나』 『풀이 눕는다』 『천국에서』 『바캉스 소설』, 중편소설 『나b책』 『0 영 ZERO 零』, 단편집 『02』 『더 나쁜 쪽으로』 『하이라이프』, 에세이집 『0 이하의 날들』 『바깥은 불타는 늪/정신병원에 갇힘』 『헨리 제임스』 등이 있다.

전기도시에서는 홍차향이 난다

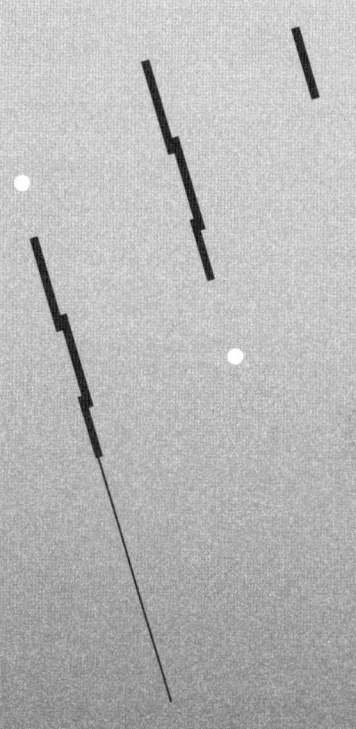

잠에서 깨어난 순간 느껴진 것은 진한 홍차 냄새였다. 가을비에 흠뻑 젖은 콘크리트 길 위로 내려앉은 검붉은 낙엽의 달고 씁쓸한 향, 혹은 냉기 서린 죽음의 냄새, 다시 말해 방금 죽어버린 동물에서 느껴지는 아주 미약한 온기. 그 온기 속에서 오늘 하루를 지탱할 기운을 얻을 수 있다면, 딱 그런 정도의 절실함을 느끼며 하지만 여전히 의식의 절반은 꿈에 담근 채 침실을 나서면 너는 거기 없다.

  모든 것이 어제와 동일한 채로, 너만 삭제되어 있다. 익숙한 홍차향, 창밖의 초록색 풍경, 여느 때와 다름없는 거실의 공기 속에서도 단번에 알아차릴 수 있다, 네가 사라졌다는 것을.

  일단 차를 마시기로 한다.

부엌 가스레인지 위에는 은빛 스테인리스 주전자가 놓여 있었다. 뚜껑을 열자, 검붉은 액체 위로 잘게 조각난 홍찻잎들이 떠올라 있는 것이 보였다. 나는 환풍기를 틀고 창을 연 다음 가스불을 켰다.

차가 끓기를 기다리며 담배를 피우기로 했다. 창가에 놓인 담뱃갑에서 담배를 꺼내 물고 빈 가스레인지에 불을 붙여, 조심스럽게 입에 문 담배를 가져다 댔다. 재빨리 한 모금 빨아들이는 순간, 아주 잠깐 방심한 사이, 한 가닥의 머리가 이마 위로 흘러내렸고 순식간에 불이 붙었다. 나는 급하게 가스불을 끄고 손으로 몇 번 머리카락을 내리쳐 불을 껐다.

어느새 주전자 속 홍차가 끓고 있었다. 나는 수납장에서 두꺼운 머그컵을, 냉장고에서 우유를 꺼냈다. 컵 안에 약간의 우유와 설탕을 더한 다음 가스불을 껐다. 주전자에 든 홍차를 천천히 컵에 따르자 우유 속으로 선홍빛의 작은 파도가 퍼져나갔다. 선홍빛은 다시 탁한 적갈색으로 변해갔고, 붉은빛이 컵을 완전히 장악하기 직전, 주전자를 내려놓았다.

가득 찬 컵을 든 채 거실로 나왔다. 베란다로 향하는 통창을 열자 엄청난 습기와 간밤에 내린 비 냄새, 그리고 기분 좋은 듯 재잘대는 새들의 노랫소리가 밀려들었다. 나는 맨발로 베란다에 들어섰고, 초록빛 잎사귀로 뒤덮인 그 작은 세계에 잠시 그냥 서 있었다. 끈적해진 얼굴 위로 머리카락들이 달라붙기 시작했다. 열기와 습기, 이해할 수 없는 새들의 언어로 이루어진 수다스

랑했던 것 같은데, 너는 그만큼은 나를 사랑하지 않았던 것 같은데, 그러니까 네가 자주 생각했던 것은, 네가 줄곧 생각해왔던 것은 사실, 너의 사라진 연인이라는 것을 잘 알고 있다. 그때만 해도 나는 사람들이 사라진다는 것이 반쯤 농담이라고 생각했다. 나는 그냥 너의 사라진 연인이 무책임하고 이기적인 사람이라서 그렇게 떠나간 것이라고 생각했다. 그런데 그게 아니었다. 그 여자는 요즘 유행하는 색깔의 머플러를 사듯이 간단하게 사라져버렸다. 그리고 그런 식의 사라짐이 존재할 수 있다는 것에 너는 놀랐다. 처음에는 놀랐고, 그 다음에는 집착하기 시작했고, 결과적으로 사라진 그 여자에 대한 생각에서 벗어날 수 없었고, 결국 너 또한 사라지기로 결심했다. 그렇다면 이제 내 차례인가? 나 또한 놀라고, 집착하고, 생각하고…… 결국 그런 식으로 다들 사라져버리면? 이 세계는 어떻게 되는 거지? 마지막까지 남아 있는 사람들이 있을까? 있겠지? 그렇다고 생각해서 다들 무책임하게 사라지는 거겠지? 어떻게든 되겠지, 하고.

왜냐하면, 요새 유행이니까.

요새는 사라지는 게 유행이거든. 원래 유행은 이상한 거고, 유행이라고 하면 사람들은 진짜 웃기는 옷도 입고 다니니까. 말도 안 되는 노래도 듣고, 말이 안 되는 장소로 여행을 가고, 미친 사람처럼 돈을 쓰니까?

결국 나도 모든 것을 이해하고, 받아들이고, 얌전히 사라지게 되나? 유행이니까. 그렇다면, 유행이 지나면 모두가 다시 돌아오게 될까? 그렇다면, 그다음 유행은? 그다음 다음의 유행은?

○

그날 새벽 전화가 왔다.
"……"

아무 소리도 안 났다. 하지만 나는 그게 너라는 것을 알았다. 너는 아무 말도 하지 않았다. 아무 소리도……. 아니 가만히 귀를 기울이자 뭔가를 들을 수 있었다. 우는 소리인가? 나는 기대했지만 아니었다. 그건 흐느낌이 아닌 다른 뭔가……의…… 웅웅거리는 소리였다. 아주 낮은, 효율이 좋은 전기장치가 돌아가는 소리. 전기자동차가 조용히 다가오는 것 같은 소리. 깊은 밤 냉장고가 내는 소리. 충전 중인 노트북이 내는 소리. 전기와 기계의 소리. 맞아, 그건 인간이 내는 소리가 아니었다. 전자기판과 플라스틱, 반도체, 구리와 또 다른 금속들이 만들어내는 소리. 그것은 정말이지 인간의 소리가 아니었다.

하지만 나는 그게 너라는 것을 안다.

전화가 끊겼다.

김사과

○

 꿈에서 나는 전기도시에 있었다. 나는 전기도시가 뭔지 모른다. 왜 내가 전기도시에 있는지도 모른다. 하지만 냄새를 맡을 수가 있었다.

 전기도시에서는 홍차향이 났다.

 아주 깊고 진하고 쓰고…… 늦은 밤 텅 빈 좁은 골목길에 울려 퍼지는 피곤한 여자의 하이힐 소리처럼 스산하면서도 환각적인 그런. 향.

 나는 바로 그런 텅 빈 좁은 골목길에 있었고, 거기는 전기도시의 일부였다. 나는 가득한 홍차 냄새를 맡으며 이리저리 걸었다. 한참을 그러다가 더 이상 걸을 수가 없을 정도로 힘이 빠져서 주저앉으려는 찰나, 갑자기 먼 하늘에서 빛 혹은 별 같은 게 내 쪽으로 빠르게 다가오는 것을 발견했다. 그것은 순식간에 다가와 너무나도 간단하게 나를 통과했다. 그것은 빛으로 이루어진 가느다란 선들 수십만 개가 묶인 다발(?) 같은 것이었는데, 그것이 나를 통과한 다음 갑자기 나는 아무것도 느낄 수 없게 되었다. 아무 생각도 할 수가 없고, 아무 냄새도 맡을 수가 없었다.
 전화가 왔고, 핸드폰 속에서 네가 말했다. 거봐, 내가 말했잖아. 내 말이 맞지?

아니 너는 말한 적이 없어. 너는 아무 말 없이 사라졌어. 그렇잖아! 나는 소리쳤다. 하지만 내 말은 소리가 되어 나오지 않았다. 곧 전화가 끊겼고 나는 핸드폰을 바닥에 집어 던지며 소리가 나지 않는 말들을 잔뜩 지껄였다.

너는 가끔 아니 자주 믿음은 언어를 뛰어넘는다는 식의 표정을 지었다. 그런데 네가 믿고 있다는 그 대단한 믿음을 너는 한 번도 단 한 번도 나한테 언급한 적이 없어. 아무튼 그럴 때 너의 표정은 바로 이렇게 말하고 있었어. 것 봐, 내가 그랬지. 혹은, 내가 말했잖아. 아니 아니, 거짓말이야. 너는 나한테 단 한 번도 말한 적이 없어.

그렇잖아! 없잖아! 아무것도! 말한 적이 없잖아!
나는 마구 소리치며 잠에서 깨어났다.

○

눈을 뜨자 가장 먼저 커튼 사이로 희미한 햇살이 내려앉는 것이 보였다. 나는 습관적으로 핸드폰을 찾았다. 그것은 항상 놓여 있는 자리, 침대 옆 사이드 테이블 위에 없었다. 침대에서 꽤 멀리 떨어진 방문 근처에 놓여 있었다. 나는 침대를 빠져나가 핸드폰을 들고 시간을 확인했다. 생각보다 이른 시간이었다. 재빨리 씻고, 아무것도 먹지 않은 채로 집을 나섰다. 아파트를 빠져나가 천천히 언덕을 걸어 내려가는 동안 아무도 마주치지 않았다. 아주 잠깐, 이 도시의 모든 인간들이 증발해버린 게 아닐까 하는 망상에 빠져들었다. 하지만 곧이어 나타난 대로에 빨간색 택시가 지나갔고, 운전석에는 진짜 인간이 타고 있었다. 그 인간은 머리가 반쯤 벗겨진 남자로, 운전대에 얹어놓은 구릿빛의 굵은 팔뚝에는 커다란 호안석虎眼石 팔찌가 번쩍이고 있었다.

택시가 지나간 뒤 나는 길을 가로질러 공원으로 들어갔다. 공원은 새들의 지저귀는 소리와 습기를 머금은 나무들로 가득했다. 이따금 인간들이 나타났다. 그들은 조깅하는 노인이거나, 산책하는 회사원, 유모차를 끌고 나온 가정부, 그리고 연못을 가득 채운 거북이들의 사진을 찍는 관광객 따위였다. 나는 잠시 벤치에 앉아, 여전히 사람들이 존재한다는 사실에, 아직 사라지지 않고 남은 사람들이 아주 많다는 사실에 안도했다.

다시 공원을 빠져나와 쇼핑몰로 들어섰다. 쇼핑몰을 빠져나와 호텔로 들어갔다. 다시 호텔을 가로질러 지하철역과 이어진 공중보행로 쪽으로 향했다. 공중보행로는 혈관처럼 시내 중심부 전체를 덮고 있었다. 나 또한 혈관을 타고 흐르는 혈액의 일부처럼 움직였다. 어디로 가는지, 무엇을 위해 가는지도 모른 채로, 어떤 보이지 않는 기운에 이끌리듯 그저 걸었다. 걷는 동안 나는 너를 보았다. 그게 진짜 너인지, 너의 환영인지, 도플갱어인지, 귀신인지, 착시인지 알 수가 없다. 그러나 너는 분명 거기 있었다. 너는 나를 아주 가까이에서 스쳐 지나갔다. 너는 나를 보지 않았다. 하지만 그건 너였다.

나와 있을 때, 너는 대체로 나를 보지 않았다. 우리는 함께 걷고, 떠들고 웃었지만, 대체로 너는 나를 보지 않았다. 이따금 우리는 함께 손을 잡고 걸었고, 그럴 때면 특히 너는 나를 보지 않았다. 너는 다른 곳을 바라보고 있었다. 너의 눈은 누군가를 찾고 있었다. 담배를 피울 때, 너의 시선은 언제나 사람들 속을 더듬고 있었다. 아마도 너는 사라진 너의 오랜 연인을 생각했다. 너는 이 도시에 오면 그 여자를 찾을 수 있을 거라고 생각했을지도 모르겠다. 그렇다면 마침내 그 여자를 찾았고, 그래서 그 여자와 함께 가버린 건가?

나는 지하철역과 연결된 오래된 쇼핑몰로 향하여 가장 구석진 곳에 있는 식당으로 들어갔다. 의외로 사람들이 많았고, 직원은 유난히 친절했다. 나는 뜨거운 밀크티와 함께 돼지고기, 토마토, 상추와 계란이 든 파인애플번 샌드위치를 주문했다. 창밖으로 좁은 길을 사이에 두고 유리에 덮인 거대한 빌딩들이 빽빽하게 들어서 있는 게 보였다. 차를 마시고 샌드위치를 먹는 동안 구름이 몰려와 하늘을 덮었고, 천둥 번개가 내리쳤으며 곧 세찬 비가 내리기 시작했다. 창밖으로 늘어선 건물들이 빗물에 젖어들기 시작했다. 비에 젖은 유리 표면은 흐릿한 햇살 속에서 번들거렸고, 그러자 거대한 유

김사과

리 건물들은 백금이나 알루미늄, 혹은 스테인리스스틸로 만든 거대한 묘비들처럼 보였다. 도시를 가득 덮은 금속 재질의 묘비들, 그 위로 이따금 번개의 섬광이 그어졌다. 나는 사기 찻잔에 든 뜨거운 차를 마시며, 창밖 은빛으로 번쩍거리는 묘비들에 쓰여진 값비싼 묘비명들이 비에 젖어 번져가는 장면을 바라보았다.

HYATT,
PANASONIC,
SAMSUNG,
FOUR SEASONS, CONRAD……

천천히 묘비명 아니 상표들이 지워진다. 이어 건물들이, 도로와 자동차가, 그리고 마지막으로 사람들이 사라지고 나서 오직 비가 남는다. 오직 세차게 떨어지는 수많은 빗방울들이 남는다. 이제 그 빗속으로 내가 사라질 차례였다.

사라진다.

바로 그런 거야.
너무 쉽잖아.

근데 그러기 싫으면? 사라지고 싶지 않으면?
아니, 사람들이 사라지는 것을 멈추려면?

그럴려면 어떻게 해야 돼?
못 멈춰.
네가 말했다. 어느새 너는 내 앞에 앉아 있었다. 내 앞에 앉아서, 나와 똑같은 밀크티를 마시고 있었다.
내가 말했잖아. 네가 시니컬하게 말했다.
너가 언제? 내가 물었다.
네가 순진하다는 듯 나를 내려다보며 미소 지었고, 미소 속에서 천천히 사라지기 시작했다. 바로 내 눈앞에서. 천천히 네가 지워지는 장면을 나는 보고 있었다. 너무 신기한 광경에 나는 아무 말도 할 수가 없었다. 아무 생각도, 아무 행동도, 그리고 아무 냄새도 맡을 수가 없었다. 너의 이름조차 기억나지 않았다.

사라진다.
아니.
네 차례야.
싫어.

너 생각을 했어…… 10퍼센트쯤 남은 채로 네가 말했다. 어려웠어, 되게…… 기억이 잘 안 나는 거야. 너 생각을 정말 많이…… 정말…… 그…… 무슨 느낌인지 알겠어? 근데 내가 말했잖아? 아무리 노력해도 안 돼. 불가능해. 무슨 말인지 알겠어? 모른다고 해도 이제 어쩔 수가 없어. 미안해, 이제 진짜 마지막이야. 굿나잇. 바이.

김사과

안 돼. 가지 마. 나는 너를 향해 손을 휘둘렀다. 하지만 이미 너는 너무 희미해져 있었다. 내가 말했다. 그리고 지금은 밤이 아니야. 비 때문에 잠깐 어두운 거야.

너는 대답 없이 그대로 사라졌다. 다시 한번 사라졌다. 그게 진짜 끝이었다.

○

정신을 차렸을 때, 비는 거의 그쳐 있었다. 나는 거리에 있었고, 천천히 걷고 있었다. 아주 평범하게. 평범한 사람들 틈에서. 다시 말해서 눈에 띄지 않도록. 거의 존재하지 않는 사람처럼.
빠르게 멀어지는 회색 구름 너머 희미하게 빛나는 태양에서는 여전히 비 냄새가 났다.
사람들이 우산을 접고, 건물 속으로 사라졌다.
그런데 만약에, 사라지는 것을 멈추려면 어떻게 해야 돼?
못 멈춰. 내가 말했잖아. 귓가에서 너의 목소리가 들려오는 듯했다. 하지만 그건 나의 상상이었다. 너는 진짜로 더 이상 없었다.
태양에서는 여전히 아주 진한 비 냄새가 났다.
모든 것이 비에 젖어 녹아내리고 있다. 그리고 그다음에는?
아무도 대답하지 않았다. 아무 말도 들려오지 않았다.

환청도, 환영조차 사라졌다. 나는 혼자였다. 이제 정말로 인정해야 했다. 너는 사라졌고, 나는 혼자 남았다. 나는 가만히 선 채로, 거기가 어디인지 모르는 채로 울었다. 스쳐 지나가는 사람들이 속삭이는 소리가 들렸다.

  재 사라지는 거 봐.
  나도 봤어.
  요새 유행이래.
  진짜? 전염병 같은 거네?
  그런 말 하지 마, 재수 없어.
  미안.

아니야, 나는 사라지고 있는 게 아니었다. 하지만 다른 사람들의 눈에 그렇게 보인다면, 그렇다면 사실 사라지고 있는 게 맞나? 나는 그냥 울고 있는 것일 뿐인데, 사람들 눈에는 그게 보이지 않는 건가? 나는 혼란스러워졌고, 그리고 점점 추워졌다. 너무 추웠고, 점차 주위가 어두워졌다. 뜨거운 차를 마시고 싶다고 생각했다. 아주 뜨겁고 진한 밀크티가 마시고 싶어. 하지만 주위는 너무 어두웠고, 어디에서도 홍차 냄새는 나지 않았다. 사람들이 내는 소음이 조금씩 멀어지고, 대신 기계들이 내는 조용한 소음이 가까이 다가와 있었다. 하지만 아직은 끝이 아니라고, 나는 사라지고 싶지 않다고, 나는 네가 되지 않겠다고, 제발, 필사적으로, 어둠 속에서, 나는 가까스로 힘을 내서 다시 움직이기 시작

김사과

했다. 아무것도 보이지도 느껴지지도 들리지도 않는 채로, 아무 냄새도, 너의 이름조차 잊은 채로, 오직 불길한 기계들이 내는 소음 속에서, 진한 홍차향을 떠올리며, 필사적으로.

사라지지 않기 위해 나는 움직이고 있었다.

작가노트

사라지는 것들에 관해

24년 초 남편과 함께 인도네시아 발리를 여행했다. 5년 만이었다. 기억 속 발리는 맛있는 음식, 귀여운 소년들, 독특한 고유의 분위기와 꾸밈없이 소박한 자연 풍광을 가진 기분 좋은 열대의 섬이었다. 물론 5년은 긴 시간으로서, 적어도 내 기억 속 발리가 흔적도 없이 증발해버릴 수 있는 시간으로 충분했다.

5년 전의 여행에서 우연히 해변가의 이름 모를 카페에서 정말로 맛있는, 진흙처럼 꾸덕하고 진한 커피를 마셨던 기억이 있는데, 그 꿈같은 커피를 팔던 카페는 당연히 사라져 있었다. 한편 시내의 식당들에서는 하나의 공장에서 찍어낸 듯한, 혹은 모든 재료를 코스트코에서 일괄 주문한 듯한 그런 한결같은 맛을 느낄 수가 있었다. 언제나 약간은 수줍어 보이던 귀여운 현지 소년들은 집단 이주를 한 것인지 어디서도 찾을 수 없었다. 게다가 좁은 골목길과 수수한 해변가는 온통 관광객들로 가득하여 24시간 내내 교통체증에 시달리는 파국적 상황이었다. 하지만 무엇보다도 나를 절망하게 한 것은, 관광객을 상대하는 현지 상인들의 사납고 무례한 태도였다. 그들의 닳고 닳은 듯한 영혼 없는 태도는 십 대 시절 어리숙해 보였을 나에게 가격을 물었으면 사야 한다며 성질을 내던 명동 뒷골목의 신발가게 점원을 떠오르게 했다.

사실 생각할수록 알쏭달쏭했던 점은 그들이 한편으로는 분노와 짜증(온 세계로부터 끝없이 몰려드는 관광객들을 향한?) 같은 인간적인 감정으로 가득한 듯하면서도, 한편으로는 고장 난 인공지능처럼 기계적으로 관광객들을 대하는 듯도 했다는 것이다.

어디에서 왔니? 질리지도 않는 똑같은 질문.(심지어는 같은 가게를 며칠 만에 다시 방문했을 때에도 똑같은 사람이 완전히 똑같은 억양으로 묻는다.)

우리 테이블에 들를 때마다 주문한 음식에 대해서 녹음한 듯이 완전히 똑같은 해설을 늘어놓아서 마지막 다섯 번째 즈음에 가서는 약간 공포까지 느끼게 만든 어느 식당의 종업원.
 무료 조식을 왜 먹지 않느냐고 매일 아침 라운지를 나설 때마다 쫓아와서 묻던 호텔의 직원들.
 신기한 것은 그랩Grab의 음식 배달만은 정상적으로 이루어졌다는 것이다.

 어느 날 호텔 침대에 누워서 엉뚱한 생각을 했다.
 인공지능의 시대가 오겠구나.
 아니지.
 인공지능의 시대가 이런 거구나.

 내 가설은 이랬다. 인공지능의 시대라는 것이 인공지능이 인간처럼 스스로 사고가 가능한 시점—특이점Singularity에 도달하여 시작되는 것이 아니라, 현실 인간들의 수준이 전반적으로 기계 이하로 퇴화했을 때 찾아오는 것일지도 모른다고. 약간, 스마트한 발상의 전환이랄까? 그리고 그 발상의 전환에 따른 혁명을 내가 지금 목격하고 있는 것이 아닐까? 아마도 높은 확률로 나만의 망상이겠지? 그런 식으로라도 망한 여행을 정신승리하고 싶어서?

재미있는 우연은 인공지능 업계의 리더 격인 미국의 반도체 회사 엔비디아의 주식이 바로 그 시점으로부터 지금까지 1년이 안 되는 시간 동안 거의 세 배가 올랐다는 것이다. 미친 기울기의 주가 상승을 보며 나는 확신했다. 내 가설이 옳은 거라고.

○

아무튼. 이 모든 것이 나의 망상이든 아니든, 발리에서의 기억이 죄다 악몽이든 혹은 나중에 돌아봤을 때 교훈적인 해프닝이든, 진짜로 중요한 것은 인공지능의 시대가 2024년 마침내 도래한 듯 보인다는 것이다. 그리고 그것의 가장 결정적인, 객관적인 계기는 2023년 챗GPT가 출시된 것이었다. 놀라우면서 매력적인 발명품이었다. 언뜻 인간과 구별되지 않는 결과물에 나를 포함하여 사람들은 기대와 혼란을 동시에 느꼈다. 정말로, 인간들이 은퇴할 때가 온 건가? 그렇다면, 이제 뭘 하면서 먹고 살지? 솔직히 이미 반쯤 실직당한 건지도 모르겠다. 요즘도 매일 접하는 인터넷 정보, 이미지들, 그 가운데 몇 퍼센트가 진짜이고 어떤 게 가짜일지 상상도 되지 않는다. 아니 솔직히 알고 싶지 않다. 게다가 몇 년 전의 일론 머스크를 연상시키는, 록스타처럼 멋진 가죽재킷을 입은 채 유려한 말투로 사람들을 설득하는, 이제 곧 제대로 된 인공지능의 시대가 펼쳐질 거라고, 그러기 위해서 우리 회사가 만든 수천만 원짜리 칩 덩어리를 사기만 하면 된다고, 확신에 찬 기계인간처럼 말하는 엔비디아의 CEO 젠슨 황의 이야기를 듣고 있으면 진짜로 세상이 완전히 달라지는 게 맞다는 수긍을 하게 된다.

그런데 그렇게 달라지는 세상이라는 게 어느 식당에 가든 공장에서 찍어낸 듯한 음식을 먹게 되는 거라면?
사람들이 약간 고장 난 듯한 인공지능 로봇과 혹시 아스퍼거인가 싶은 인간 사이의 스펙트럼 어딘가에 놓인, 석연치 않은 생명체처럼 변해가게 되는 거라면?
수줍고 귀여운 사람들과 독특한 지역색 따위가 완전히 사라져버린 세계라면?

아니 그렇게 되면 우리 인간들은? 우리들의 영혼은 어떻게 되는 거지? 어차피 인공지능이 우리들보다 훨씬 더 고차원의 귀족적인 영혼을 갖게 될 테니까 상관없나?

요즘 나는 이런 식의 답 없는 질문을 무한하게 늘어놓고만 싶은 기분이다. 아마도 밀크티를 너무 많이 마셔서. 열대의 뜨거운 습기를 너무 많이 쐬고 이상해져 버린 건지도. 아마도 그런 거겠지. 하지만 아무리 생각해봐도, 사라져버리면 안 되는 것들이 존재한다는 생각이 든다. 어떤 것은 사라지면 안 된다. 아니 사라질 수가 없는 것들이 존재한다. 얼마나 많은 외면을 당하든, 비웃음당하든, 꼭꼭 숨어 있든, 아무튼 그런 것들이 있다. 아마도 나는 그런 것들에 대해서 이야기하고 싶다.

김사과

초록 땀

초판 1쇄 ··· 2025년 8월 5일

지은이 ··· 김화진 문진영 이서수 공현진 김희선 김사과
펴낸이 ··· 박진숙
펴낸곳 ··· 작가정신
편집 ··· 황민지
디자인 ··· 이현희
마케팅 ··· 김영란
재무 ··· 이하은
인쇄 및 제본 ··· 한영문화사

주소 ··· (10881) 경기도 파주시 광인사길 143 2층
대표전화 ··· 031-955-6230
팩스 ··· 031-955-6294
이메일 ··· editor@jakka.co.kr
블로그 ··· blog.naver.com/jakkapub
페이스북 ··· facebook.com/jakkajungsin
인스타그램 ··· instagram.com/jakkajungsin
출판 등록 ··· 제406-2012-000021호

ISBN ··· 979-11-6026-367-1 03810

이 책의 판권은 저작권자와 작가정신에 있습니다.
이 책 내용의 전부 또는 일부를 재사용하려면
양측의 서면 동의를 받아야 합니다.